我栖春山

陆苏 著

江苏凤凰文艺出版社

图书在版编目（CIP）数据

我栖春山 / 陆苏著. — 南京：江苏凤凰文艺出版社, 2024.5
ISBN 978-7-5594-8580-9

Ⅰ.①我… Ⅱ.①陆… Ⅲ.①散文集-中国-当代 Ⅳ.①I267

中国国家版本馆CIP数据核字(2024)第072182号

我栖春山

陆苏 著

图书策划	刘文文　赵小玉
责任编辑	项雷达
封面设计	尚燕平
版式设计	姜　楠
出版发行	江苏凤凰文艺出版社
	南京市中央路165号，邮编：210009
网　　址	http://www.jswenyi.com
印　　刷	唐山富达印务有限公司
开　　本	880毫米 × 1230毫米　1/32
印　　张	9.25
字　　数	125千字
版　　次	2024年5月第1版
印　　次	2024年5月第1次印刷
书　　号	ISBN 978-7-5594-8580-9
定　　价	56.00元

江苏凤凰文艺版图书凡印刷、装订错误，可向出版社调换，联系电话025-83280257

第一章　春天在花苞里打坐

种花种菜　/ 002
雨后　/ 006
阳光下，摊开手　/ 010
乡下的草　/ 014
田间一瞬　/ 018
绿　/ 022
逗号一样的小鸟　/ 026
动动锄，弹弹琴　/ 030
傍晚　/ 034
小溪若眉　/ 038
一树红梅可下酒　/ 042
新雨见旧瓦　/ 048
春天在花苞里打坐　/ 052
春天的灯盏　/ 058
小鸟的早课　/ 062

第二章　遥想苹果当年

麻球　/ 068
女儿红　/ 072
遥想苹果当年　/ 076
晾杆上的雨丝　/ 080
板凳上的柚子　/ 084
明前茶　/ 090
一粒米　/ 094
小村咖啡　/ 098
飘雪　/ 102
一棵蒜　/ 106

第三章　小村如莲

小村如莲 / 114
小小竹篮 / 120
想念豌豆花 / 124
水晶玻璃花瓶 / 128
古玉 / 132
翡翠 / 136
第一朵莲 / 140
掸了浮云，看牡丹 / 144
百褶裙 / 150
香炉 / 154
高凳上的蓝雪花 / 158
谷仓 / 162

第四章　木梯子上的诗人

燕子妹妹　/168

心上弦　/172

祖母蓝　/176

想起鸡叫　/182

初一　/186

补碗补心补落花　/190

木梯子上的诗人　/194

那个手可种玉摘星的人　/198

清明　/204

新月如弦　/210

蛾眉月　/214

开窗见喜　/220

第五章　像一朵玫瑰那样慢慢地等

像一朵玫瑰那样慢慢地等　/226
最美　/232
一个雨夜　/236
山顶的雪　/240
空城　/244
静守　/248
春日迟迟　/252
闻香　/256
上心　/262
七夕　/266
藏书　/270
我的草本时光　/274
不遇　/280
忽然来了一场春雨　/282

第一章 春天在花苞里打坐

种花种菜

种花种菜,种简单的喜欢,种悲悯的情怀,种爱种种花，种种菜，是爸妈最爱的事业。

现如今，有一点地，有一点闲，就是个成功人士了。要这么算，我们村里个个都很成功，我爸我妈也可以算。

爸妈说看着自己的地里长出绿绿的植物就满心欢喜，最爱种很快看得到开花结果的花草树木，和很快可以入锅上桌的青葱翠碧的蔬菜。

我们家院子里从来没有闲着的地，哪怕是手帕那么点大的空间，妈妈也能安排上一棵晾杆花，嫩绿的枝干如一架小号的花梯，深玫红的花朵沿梯而上，坐满每一级阶梯，也坐满每一阵忽然而至的凉风。偶有蝴蝶路过，双双对对地绕着花儿上下翻飞，那个欢乐啊，空气里也有了微笑的涟漪。

那天爸爸兴冲冲地新砌了一长条花槽，打算种几棵花期有二百八十多天的月季，说这样几乎整年都会有花陪了。因为花秧还得等几天才来，花槽就暂时等着。妈妈不知啥时候悄悄地撒下了一把苋菜籽,谁也没告诉。可是菜籽憋不住呀,没几天,花槽里就长出了米粒大的苋菜苗。又过了几天,满花槽都是熙熙攘攘的苋菜了,那样的生长虽不出声,却分明嚷嚷得几乎全村都知道了。那汤勺大小的叶片里好似住着一汪绿绿的水,那个嫩呀,都舍不得拿手指去碰,怕碰了它会扭着小腰哟呦叫疼。妈妈早晚提着木桶一瓢一瓢地喂水的样子,就好像不只是我们兄妹仨的娘,也是那些苋菜苗的娘了。

那占了花槽的苋菜苗,刚长成豆蔻模样,那月季花秧就来了,只好把地盘还回去了。拔苋菜时,本以为妈妈会不忍,谁知她却没有一点难过,乐呵呵地眼看着花槽里眨眼间改朝换代了,还说是种什么都好,只要种着就好。在妈妈的眼里,玫瑰和苋菜并没有什么区别,好看的和好吃的都一样贵重。

都说种瓜得瓜种豆得豆,妈妈的种菜和爸爸的种花得的是赏心悦目,是浪漫知足,更是懂得安静地欣赏天地大美和真爱的平常心。

种花种菜,种简单的喜欢,种悲悯的情怀,种爱。

【春誓】

用一辈子记住你

用一辈子忘记你

亲爱的
原谅我只有一辈子
只能为你做这两件事

雨后

晾杆上的衣服都逃回了家,晾在空空晾杆上面的只有一滴耳坠似的雨水,和晚来的明月清风了雨后，天高了，小村高了，树也高了。

刚走的一个闪电，是上天俯身按下的一次快门吧。而此刻，也许就是刚冲洗出来还未晾干的那张相。

每一片叶子都带着光，每一片叶子都像是穿上了合身的绸缎袍子，珠子一样的时光从叶面上一颗颗滚落，滚入了路边的草丛，滚入了院里青石板的细缝，也滚入了雨后每一寸香气绵密的栀子花的黄昏。虽然听不到声音，心里却有很大的回响。擎一盏清茶，对着如黛远山，也会喝出微醺酒意。

午后刚开的南瓜花妆都花了，小黄脸蛋皱皱地耷拉着，小风吹呀吹呀，那花朵就又支棱起来，像一架安在藤上的微型留声机，好像随时都会上紧发条咿咿呀呀地唱出声来。唱的会是爸妈喜欢的越剧吗？

晾杆上的衣服都逃回了家，晾在空空晾杆上面的只有一滴耳坠似的雨水，和晚来的明月清风了。

露天的水缸满了,千里迢迢赶来的雨水在缸里坐躺随意地歇着,手上托着一片天。一只蜻蜓在微湿的缸沿上踮起脚尖,像一把小小的琴,乐声纤细绵长地悠扬在水天之上。

所有的尘埃都回到地里,深绿浅绿漾出地面,很多看不见的花朵散步在枝丫的阡陌里。

炊烟窈窕,空气微甜,草木生香。白米黑炭,铁锅柴灶,方桌长凳。简单的生活,贵重的安宁。

真后悔没去雨地里,和墨绿的辛夷一起,和青绿的藤蔓一起,接受雨水的恩泽,然后,也闪闪发亮。

【花影】

花的睡衣
搭在月亮的椅背上

阳光下,摊开手

　　阳光下,摊开手,让那陈年的老茧,教会我们挺身承受本该属于自己的缺憾和拥有乡间空气是真的好!

似乎愈来愈多的城里人开始向往乡下,向往田园生活,向往乡下空气好。

如今的城里,在我那些长年晒背脊的父老乡亲眼中,繁华好看得像台上紧锣密鼓高潮迭起的戏,叫人眼花得看不过来,看得气喘时,恨不得自己也去那戏里走走,没有好角色,跑回龙套也行。

而那城里高楼里的人,却流行怀念草房里的淳朴的民风,没有漂白剂的山水。一股风地提倡绿色食品,悲叹都市只有聚乙烯的室内植物和添加色素的秀色,满脑筋误落尘网地向往着绿色生活,争相穿着售价并不朴素,名曰"返璞归真"型的棉麻服装,企图以皮肤身体力行地体味、亲和大自然。

我曾是个地地道道的农民,深爱着乡下的乡亲和土地。但我对田园生活的认同和赞美,限于走出山村后对从前的怀念。我现在已是个田边的看客。我相信如果我还在田里劳作一年三百六十五天，一定不会由衷地只歌唱山村的清静和民风的朴素。我觉得现在自己想念乡间麦穗的金黄和星光下家犬的自语，已有了一丝坐着说话不腰疼的矫情。

我始终认为，和土地打交道的人是最辛苦的。那些厌倦了城市喧嚣的上班族是不能想象四十摄氏度的高温时匍匐田间劳作的滋味的。农民注定要用自己的身体去与老天抗衡，与土地抗衡，没有人能白白地给他们的温饱做保证。当他们在田里疲惫不堪，再如画的风景，对他们都失去了意义，远比不上一张实实在在的床和一会儿的小憩来得实在。这时若有人对着他们感叹乡村生活多美好，难保他们不会给点颜色瞧瞧。他们对土地的挚爱也是真的别无选择，因为这是他们的生存方式。

那些口口声声向往"田园乡居"的城里人，有几个真正肯到农村扎寨，又有几个不是在很少蚊蝇的高楼里，做着无实际行为的感叹？

那些对乡村田间劳动的歌唱，只有经过乡村生活的人才有资格亮嗓。那些对土地的热爱，只有在长年埋头弯腰耕耘土地的胸膛里才是真正的滚烫。就让我们那些不善言辞、在地里上班的父老乡亲享受他们应得的，冰一般透明的清静和小夜曲般怡人的花香吧。但我看见的，分明是城市不断向乡野扩大蔓延的商品建筑，绿色的土地这只苹果，愈养愈小。

阳光下，摊开手，让那陈年的老茧，教会我们挺身承受本该属于自己的缺憾和拥有。

乡下的草

不知道那乡下的草知不知道如今这世道不一样了,也不知道草们有没有觉得寂寞想要改行小时候最大的一件事就是打猪草。

非得要猪们"牙好胃口就好身体倍棒",才能保证我们过年有肉吃、有花布新衣穿。切身利益高于一切指令,上学路过我也不会忘记给猪们捎点零食。

可怜了乡下的草。我们像电影里的侦察员似的密切监视着草们的长势,在根据地上挎篮提刀地巡逻,那草大多来不及长大就夭折在我们的快镰下。

不知是草们营养不良影响生长,还是心情不好集体罢长,拒绝和我们的养猪计划合作,后来猪草越来越少,满村满畈转悠半天,割来的草也盖不住篮底。我们这支打猪草军只好远征到别的村去。可别的村里情形也差不多,他们的猪也在栏内叫嚣,呼唤着美味的草。那年的猪都长成了非常骨感的瘦肉型,炸排骨都不用费力剔肉,那年的过年新衣自然是没有穿上。

现在的乡下,草长得比庄稼好。草们美丽了

画片，优美了诗行，甚至潜入了曾经稻浪滚滚现在却圈起来打算开发的良田，长成了仅供观赏的贵族似的荒地风光。

如今，羊儿大多在图片上谋职，专供婴幼儿启蒙指认，吃的自然是图片上的草；牛儿也搞活了，专替外宾拉车开道游览农家新貌，很少有空亲自到草地上走走了；猪们口味也变了，吃的是高级速效的"化学饲料"。那些和我们打猪草时年龄相仿的小孩，天天新衣，放学后一边看着动画片，一边不耐烦地听大人唠叨"多吃素菜，才长得好"，他们还会指着小麦问我："那是什么草？"

不知道那乡下的草知不知道如今这世道不一样了，也不知道草们有没有觉得寂寞想要改行。

反正那草是长得愈来愈好，长出了深藏而乍现的锐利光芒。

【礼物】

一枚炭
一颗糖
一粒纽扣
一只戒指
因为你
都住着暖

田间一瞬

这时的田野是快活的,虽声色不动,却是肚里憋着笑割稻子的时候，一只田鼠兴冲冲地蹿出来。大概是快镰和稻秆合作的声响太愉快，它误以为是走亲戚的来了，忙不迭地出来欢迎。

只是傻了那么几秒钟，它拔腿就跑，可惜心太慌错了方向。在平躺着的稻秆旁，它小小的身子陡然醒目高大，如果它抬头，定会看见，天空比往日更高，一朵一朵的白云正俯身看着它。可它什么都顾不上了，只管在光光的稻根上狂奔，好不凄惶。它的恐惧一定比田野还大。那一刻，我真想替它把稻秆安上，还它一个安全的家。

这时的田野是快活的，虽声色不动，却是肚里憋着笑。这田鼠上演的小小喜剧，连走来走去的风也停了脚过来瞧。

人就索性在田埂上坐下来，喝碗凉茶，让镰刀也歇一歇。收割的季节，深含着对收获的感激和对庄稼地里的小生物无措地四散逃遁的歉意。

对田野里四季不闲的劳动场面来说，这样的细节不过是千箩一粟，不过是一棵小葱。可就是这样一粒粒粟的欢聚丰盈了谷仓,那一棵棵葱的小小香味,弥漫了我们瓜纹一般青白呈现的整个生活。

【睡】

花朵睡着了
它们在梦里做什么
是不是会沿根而下
去大地深处
探听果实的消息
等它醒来
小鸟已穿走了它的花衣裳

绿
一

能一次次地被自然感动的我们,是有福的

好像是谁打碎了一只大瓷碗,村前村后的小野花,开得无措而突然,那碎白碎紫的小花瓣撒在绿草上,起一点点风就踮起脚尖,再大的风,也不走远。

羊群歇过的地方,草薄成了一张网,在网的下面,土地多么凉快。小鱼样的新绿,在土里游来游去。

即使是阳光都热得打滚的夏天,也有阴凉可躲。那些树是村庄手执的轻罗小扇,不歇手地扇着。

偶尔有人在田里直起腰来,拄着锄柄,看一看远处,歇歇脚。也许这时的远处,也有人正推窗瞭望,他们眼里都有的微微的渴望,一样地温热。

妈妈说:"最高兴的是看到自己的地里长出绿来,无论那是菜秧或是豆蔓。"

什么都可以在田野上重来,每年都有熟悉的

花草、庄稼年轻着回来,而我们迎候的愉快,每一次都似新挤的牛奶,营养而新鲜。

能一次次地被自然感动的我们,是有福的。

【坚持】

以前觉着三十岁已很老

现在却当它是才开始

你不来

我就一百年一百年地年青下去

逗号一样的小鸟

　　小鸟是竹林的心跳,白天或黑夜,风吹不灭的怦然谁也不知道那在竹林里逗号一样不停地练习并脚跳的小鸟是哪家的孩子。虽然它的小珠子一样的歌声每天都能听见，只要耳朵有空。

一株笋从暗无天日的地下来到亮堂堂的人间，再卸尽盔甲地长成一株窈窕修竹，要经历漫长的考验。当它站在鸟面前，低眉敛目的羞怯，一身翠色更如遮了盖头。那小鸟就不亦乐乎地忙着把它们的盖头一一掀起来。那么大的竹林，怎么掀得过来？

小鸟是竹林的心跳，白天或黑夜，风吹不灭的怦然。隔壁的杏花树再怎么趁着天黑伸手来牵，也要不走一根羽毛留作纪念。它是竹子的小名，只能轻唤，不能像豆荚里的豆子剥了壳就可以带走。它离我们很近，但也只能用眼睛抚摩它翠绿鹅黄相映的羽毛，和眼角翅梢上一抹蛾眉淡扫的墨色。

竹林里时刻流淌着细碎的沙沙声，听得久了就不觉着了。倒是那小鸟生脆的一两句短歌，常让人莫名地心悸,恍若猛地从一出绝美的悲剧里含泪出来。若是那打柴路过的人听见,又是一种心境,他回家的脚步会蓦然轻快,仿佛在鸟声里看见了自家屋顶上的炊烟。

那在青竹上刻下的乳名,也和竹子一道长大了。那两小无猜的典故,打着灯笼,找鸟来读。鸟们顾自忙着,睬也不睬。

【唤出】

要有微风
要有小坡
携一卷水墨去
缓缓地向阳铺开
像叫醒徽宣里深睡的丹青
你微笑着
唤出我想要的我

动动锄，弹弹琴

有了它们，纵然岁月苍凉，身心也算有了托付弹弹琴，动动锄。

是地球上最美好的两件事。

当然，这是对我这样一个小村出品的人而言。

一张古琴和一把锄头原本是风马牛不相及的两样东西。

一个风雅，一个实用；一个侍弄风花雪月，一个伺候五谷杂粮。

但在我眼里，它们有异曲同工之妙。

古琴传递天籁之音，慰藉心灵。锄头唤醒大地恩泽，丰衣足食。它们一个管心，一个管命，都是过日子少不了的工具。

在我们村里，每家每户的檐下都歇着农具，

那些锄头啊铁耙啊铁锨啊,还有牛轭、犁铧伴着屋内的蓑衣、斗笠等,如乐器并立。天晴时,早起的农具们被众乡亲领着下地,在绿绿的扑闪扑闪的芬芳里翻耕、锄草、播种、间苗、收割,收工后农具被主人浸在冰糖一样清甜的溪水里洗濯,然后洁净如新地牵回家去,一枕好梦静谧安睡;下雨时,农具们闲闲地倚在墙上,每一件都散发着各自忙乎的庄稼的气息,可惜我们听不懂它们的语言,不知道它们聊着怎样的家事。

是农具们亲手接来了玉米吐穗,任沾露的晨风绕过锄柄,欢快地揉动一田青碧的玉米;是农具们亲自守护着水稻铆着劲灌浆,要每一颗谷粒都芳香丰盈;是农具们天天叫醒一路的车辙布鞋印,要所有的村路都为丰收腾出空来……

我们的莹白米饭、金黄麦粒,我们的紫云英、白莲花,我们的棉花、桑叶……都拜农具所赐,一家的农具如同一个交响乐团,将一曲二十四节气的农耕文化演奏得跌宕起伏,恢宏而静美。

后来到城里刨食了，城里的地不是用来种庄稼的，就算要找点土在盆里种棵葱，若不想像个小偷似的到处乱刨，就得到花鸟市场买。无地可耕的锄头自然找不到容身的屋檐了。某日看过了运河边的栀子花，正怀念村里通往小学校的那条开满了栀子花的小径，突然听见路边琴行传来琴声，那琴境，和那刻心境，竟是说不出的契合妥帖。

从此，喜欢上了古琴。那仿佛来自山间水边的高古静谧之音，在琴案上，也可以将荒芜的阡陌种得青葱翠碧。

回村扶锄，进城抚琴，我们借农具和土地合作，凭古琴和天意和解。一件给命，一件给心，相濡以沫。

有了它们，纵然岁月苍凉，身心也算有了托付。

傍晚

每一个和父母同在屋檐下看雨的傍晚,都是雕镂在心的珍藏下雨了。

天地突然相见，在接雨的指尖。

云影顺着雨丝荡下来，草香沿着雨丝攀上去，紧赶慢赶，赶得欢。

很想知道，有多少雨水住在多高的天上，有多少雨丝歇在多低的地下。

雨水在天上是不是平铺着点灯打盹？雨丝在地下是不是折叠着吹灯做梦？

雨丝穿过锄柄上歇着的蓑衣，穿过铺满青藤的绿房子，穿过厨房侧门逃出来的菜香，穿过花绷子上绣了半朵蝴蝶的针眼，纳紧傍晚，提鞋收声，逃去无影。

没有人看见，老天是怎么把一匹匹雨水加工成了一束束雨丝，又让它们顺着我家的屋檐轻轻及地。如同将绸缎拆成了丝线，又让丝线入地回归桑叶青青。

是用裁衣的剪刀和风的秋千吗？是用竹编的筛子和云的梯子吗？要完成那么大的一场雨，真是件不容易的天大的事呢。

忙了一天的爸爸在门廊下的躺椅上眯着，刚换上的旧得手感很好的布衣布鞋，旁边的小板凳上，一杯明前绿茶在白瓷杯里温柔地抱紧翡翠色的傍晚。妈妈在厨房里不慌不忙地做着晚饭，灶膛里的柴爿火苗翻滚着递出一阵阵松脂的香。这样的时候，雨下得正是时候，枕着雨声假寐或炒一碟雨声下酒，都是天籁般的赏心乐事。雨声可以动静很大，也可以安宁，能拧动声音的，唯有一颗静谧的心。

每一根雨丝，都很了不起，它是一面天水的微雕。每一场大雨，都值得敬重，它是一台天地大戏。

每一个和父母同在屋檐下看雨的傍晚，都是雕镂在心的珍藏。

每一个下雨的傍晚,都要和在乎的人在一起。

天落水。万物生。

小溪若眉

好像有小溪的小村,才是眉目如画,才是山清水秀小溪若眉，画在村庄的脸上。那画小溪的笔是新的，那墨一定磨了半晌，磨得似乎有了清甜的气息。那描摹是干净洗练的一笔，一气呵成，微微弧度，眉梢渐隐，收入青山的鬓间。

小溪就叫小溪，没有人给它取过名字。应该是没有人烟时小溪就在了，村庄是一户两户三户逐水而居渐渐形成。一年中总有些日子，小溪的水汽和山岚、炊烟相伴着扶摇而升，青瓦的屋顶在白色的烟岚里安静地端坐着，如天上的村落。

在小溪的旁边，绵延着三十六户人家，像三十六颗豆子，圆润安静地住在叫作村庄的豆荚里，开花，坐果，年年如新。

每家门前有院子果树，屋后有竹林柴房，还有一点高兴种啥就种啥的田和菜地。各家都会孵一窝鸡，雄鸡负责为全村叫醒天亮，母鸡掌管一家的营养早餐。也许还养只狗，主管小村安全，这一把奔跑的钥匙会妥妥地把虚设的门户上锁。有了这些，就可以过粗茶淡饭的安稳日子了。

孩子们爱在小溪边消磨他们怎么浪费都花不掉的大把大把闲得发慌的时光，兜鱼、钓虾、翻螃蟹，女人们爱在小溪边洗衣、淘米、聊个私房话，男人们爱在小溪边清洗农具、挑水浇灌菜地。几块大青石板铺就的溪埠头，就是小村的客堂间，从天微亮到夜半，人间烟火欢欣来去。

年轻人总要到外面去走走，看看一样的人过着怎样不一样的生活。有的喜欢上了别处的繁华，偶尔回来转转，又走了。有的还是想念溪边的繁花，回来继续过从前的日子。反正过的都是自己想要过的生活，小溪不惊不喜不迎不拒。

好像有小溪的小村，才是眉目如画，才是山清水秀。

好像每一个小村都得有一条这样的小溪，它是小村的气息，也是血脉；它是故乡的包容，也是护佑；它是土地的图腾，也是馈赠……

这世上，山川河流千千万，只有这一条小溪，在我生命里，潺潺不息。

无论身在何处,每天,每夜,我都听见小溪流淌的声音,那么好听,那么好听。

一树红梅可下酒

　　一树红梅,可以下酒,可以伴茶,可以修心。
还可以倚着想人

想要一棵红梅想了很多年。

总觉得那棵一直开在心里从不花谢的红梅有一天会站在我的小院。

在鸟声里，在微微的晨光里，在薄绿的早春，推窗可见，彼此以喜悦、以微笑互道早安。这样的一天，该是从和一朵梅花的明媚初见里提裙小跑开始，从一花碟的梅香里万劫不复地醺然入梦。

有想等可等愿意等的人生总是美好的，哪怕等的只是一棵花树。

仿佛每一阵风里都有它写来的无字的信，仿佛每一棵邂逅的花树都是它的亲戚，仿佛我站在任何一朵花的面前，都是和它相见。

是前世的红梅之缘未了？还是今生有人要凭红梅相认？我也不知道自己为什么这么心心念念地要一棵红梅，似乎没一棵红梅当庭伫立，不能在红梅树下来一回煮茶温酒微醺，这辈子就过不去了。

有个冬天的晚上，和大妈妈、堂姐在村里沿月亮湾散步，突然发现了一山居人家门口盛放的三株红梅，在夜灯的呵护下，在墨蓝天空的映衬下，花树灼灼如琉璃，极美。那一刻恨不得拔腿狂奔抬一棵到自己的小院里，然后，七重门锁起，煮雪烹茶，红袖添香。

三个人在梅花树下挪不动步，左思右忖一致同意偷花不算偷，算折花，典出"花开堪折直须折，莫待无花空折枝"。无奈一无偷花工具二无偷花攻略，只能在花下盘桓又盘桓。最后终于情感战胜了理智，一人回家取花剪，留下两人看着梅花，好像怕它逃走似的。其实怕别的人也来偷，若是真遇上了，是一定要做义正词严状予以阻止和以理服人地劝退的。

花剪抵达时，夜空中居然飘起了微雪。我那七十五岁依然明媚照人的文艺型大妈妈在梅花树下抱剪而立，又欢喜又舍不得下剪，那美丽的纠结，那如雪花随喜落在花瓣上、发梢上的清欢，让人望梅生暖。那样的时光，心里只有一念，舍不得……

今年春天的时候,当一棵红梅真的出现在我的院子里,天知道我有多么欢喜。

朋友说我的朝思暮想有棵红梅是种花痴病,得治,就送了我一棵。知道我没有耐心从一棵小苗等它长大,送了一棵大的,说是大得刚够当年冬末春初就可以在花下喝茶……

红梅到家时是个雨天,父亲亲自扛锄背锹地把它安置妥帖了。然后等到小村的雨水把它叶片上的尘埃洗净,洗出了翠生生的绿,父亲拍了一张红梅的玉照发我,那一刻我的小心脏啊……

于是,这一年的时光过得特别漫长也特别快,有盼望的日子,每一分钟每一天都像乘着风的纸鸢,一直向着梦想的高处飞,越飞越高。

在父亲的精心呵护下,红梅从一开始的怯生生长成了快活恣意的样子,在夏天的时候居然提前开了九朵花,给了我一个大大的惊喜。它和我正式相互确认了彼此的归属,九朵花是一种告白,也是一种相许的仪式。它是怕我等不及吗?花真的能懂人事识人心吗?

我突然不着急看到满树红梅开满小院的动人时光了,我喜欢上了和它朝夕相处的每一刻,只要它站在我的院子里,有了那夏天的九朵梅花,什么时候再开花不那么重要了,甚至我有点享受这慢慢抵达一场红梅花事的过程了,那样的怦然心动,仿佛走近爱情……

一树红梅,可以下酒,可以伴茶,可以修心。

还可以倚着想人。

【飞】

时光会吹散城池

光阴会熄灭江湖

吹不灭的

是你的方向

和我一直向着你飞的心

新雨见旧瓦

新雨落在旧瓦上,像精雕细琢的字词稳稳嵌入了心仪已久的词牌,平仄天成,相见恨晚下雨了。

下得很古典。

不紧不慢，新雨落在旧瓦上，像精雕细琢的字词稳稳嵌入了心仪已久的词牌，平仄天成，相见恨晚。

不轻不重，雨水经过草木，像遥远的想念终于执手相看，白云见到了花影，星光拥紧了灯火，天地瞬间合一，相见欢。

每一场春雨都满怀柔软绵长的爱意。如丝如缕地拢紧黛蓝远山、青绿麦田，润泽人间一切生长的喜悦、绵密、和乐。

每一颗雨滴里都住着神秘的天意，都藏着众生万物生长的封印解封秘诀。那些潜行在心底的一团春意，和正翻山越岭赶来的无边春色，应雨声而荡漾，而弥漫。

想起一段译名为"带唱碗的雨"的音乐，雨声的简宁和颂钵声的深幽，让心出离，让心沦陷。那未经修饰雕琢的尘世之音，有着想象中的素白颜色，却芬芳动人。如果它在此刻响起，是绝配，也是成全。

家门口有两棵梅花，西南院墙角一棵蜡梅，东窗下一棵红梅。

蜡梅未及离席，红梅已经落座。梅花开得再盛大，也是气质清冷，不见喧哗。它们在一张虚设的中式雕花长桌的两头以冷香、冷艳推杯换盏，从容自若，气定神闲。

隔着窗，看雨水在两棵梅花中间无声地轻轻垂落，看久了有延时影像的恍惚，一如动画中的一帧隐世江湖，嵌藏在人间烟火的日常里。

寻常宅院，下了雨，有了梅花就不同。一样天成的雨水，因梅花有了工笔白描的端庄和写意线描的恣意。一样流逝的时光，在穿过雨丝经过梅花树时也会蹑鞋提裙地放慢了脚步。

好想在雨夜时到梅花树下放一个碗,等到天微亮,若取回一碗雨中花拆的声音,加一勺鸟声,细细研墨;若取回一碗雨中花香,和一碟晨曦,慢慢酿酒……

一场好雨需要天意成全。

而梅花、好酒和喜欢也需要时间玉成。

春天在花苞里打坐

春天是掌管万物生长万般美好的菩萨

什么都好的春天。

是花草树木的春天。

怎么都美的春天。

是天青如洗的春天,是细雨如丝的春天。

是苔痕上阶绿的春天,是鸟鸣深涧中的春天。

没有人能对春天抵死不从。

也没有谁比春天更舍得倾囊而出。

整个春天,我收起了笔墨纸砚,没让它们出一点声。除了植物生长的动静,好像别的都是多余。

整个春天，我给锄头、剪子和割草的农具放了春假。即使是野草野花，我也想许它们一个春天那么长的一辈子。

每个清晨，我都被小鸟按捺不住的惊喜和自己的期待叫醒，每一枚昨夜破枝而出的新叶都是久别重逢的亲人，每一朵夜奔而至的花朵都是如约而至的闺蜜。多少辗转难眠的心事，都被草叶上憨憨滚动的露珠消融，多少万念俱灰的绝望都被草本的时光治愈。

每天晚上，我关上了眼睛，就派我的耳朵去花树下等着，偷听花开的声音，如一声娇嗔地答应推开重重虚幻的宣纸的门。或者安排我的耳朵去叶芽根茎边守着，探听滚滚的深绿浅绿葱绿墨绿哪个吉时良辰会抵达我的门庭。

整个春天，我的心都很空，却好像空得什么都装不下。

我把心腾空了，怕春天不肯住下，又怕春天会急着走。

我把心开着，眼见着花香和云影进了门，晚来掌灯却又不见。

我把心铺成一张纸，任那些蔓枝的芬芳掠过千遍万遍却不让人看见一丝端倪。

我把心织成一张网，那些天光月色总是破网而入、穿网而出、自在欢喜如隐形的小鱼。

整个春天，我的心都很忙，可又好像忙得啥事也做不了。

我忙着把所有的美好都喜欢一遍。

我也忙着把所有的负念都遗忘一遍。

我忙着要把好听的话都对谁倾诉一遍。

我也忙着把想看的花在眼里心底绽放一遍。

我以为春天也和我一样，忙得喜悦而慌张，忙得幸福又绝望。

我以为春天也和我一样，忙在敞亮的村头田间，忙在向阳的斜坡山岗。

后来我终于知道，春天哪儿也没去，就在每一个花苞里打坐。

而那每一朵花随身携带微微弥漫的花香，都是春天在花苞里默默诵经的回响。

春天是掌管万物生长万般美好的菩萨。

容我以一棵花树的样子伫立在它经过的每一条小径，以喜悦和感恩为它簪花上香。

【坐下】

小草的板凳
摆满了村庄
谁都可以坐下
在一棵树的典故里
悠然看光阴的大戏
月光突然抱出的枝条
是最美的唱词

春天的灯盏

它们是开启意念中的一座春之幻城的密匙

那些以花为樽的清晨。

那些以花为灯的午夜。

那些门前有一树白玉兰花的,或清雅或微醺的春天。

白玉兰,花身白如玉,花香似幽兰。

一碗清水般的美,一枚羊脂般的润。

不媚,不迎,安宁,寂静。

如果在某个车马喧哗的路口,或是在哪个鸟儿值守的村口,不期邂逅这么一棵含苞待放的白玉兰,耳边会突然众弦俱寂。除了眼前花树,身边的,左右的,都成了虚设的浮云。似乎非得衣袂飘飘地长身玉立,素颜直发,明眸皓齿,才配得上这静美,这清雅。

似一树雪白的花樽,高擎在枝头。天亮时每一樽都盛满露珠,天黑时每一樽都蓄满月光。任谁浅抿深酌都会醉。

如一树莹白的灯盏，每朵都抱着一小团光，给春天指路，给赶夜路的花草照亮。那微光，有闪电一样的力量，倾情一瞥，立地成雪。这时若有一卷古书，或者一架古琴，是很适合轻放在白玉兰树下的。它们和花苞一样，深藏着不肯轻易示人的天籁。它们是开启意念中的一座春之幻城的密匙。

我就那样不远不近地看着，舍不得走开。心想着，一定要等着一个明媚的女子，或是一个俊朗的少年，风似的从那白玉兰花树下缓缓经过，渐渐走远，才不辜负这一树如梦的花念，才不辜负这流光飞逝，才不辜负这好不容易来一趟的珍贵人间。

或者痴痴地坐在树下，等花拆，等花谢。等着莹白的花苞"噗"地拆开，花香在花房里忍不住推门出来。等着花瓣沿着一架透明的花梯，一步一步从树上飘飞下来，在地上铺出树冠一样大的花画。所有经过的、逗留的都成了工笔白描的锦绣时光。

我有一棵白玉兰树，在小村，在爸妈眼跟前。花开时，半间房就藏入了花里。妈妈常坐在花树下的竹椅子上做针线，那是妈妈独属于自己的、偷得浮生片刻闲的快乐。爸爸的千层底布鞋，哥哥的灯芯绒小褂，我的小花袄，都是花荫下的艺术品。看着妈妈在飞针走线里暗自欢喜地虚度小时光，我料峭的童年便有了丝绒般可追忆的温润质地。少不更事时，我每每在花开的傍晚仰头猛看，缠着要爸妈答应，把白玉兰树许给我做嫁妆。爸妈总是忍着笑满口答应。

而今，这棵花树依旧年年开在我懵懂的憧憬里，可惜我再也回不去那样青葱的素白时光……

且在这个春天，在白玉兰树上取一枚春天的杯盏，给想过、等过、错过的斟酒，给车辙蹄声梦痕续茶。

岁月尚长，花正满树。我不急，你慢慢来。

小鸟的早课

心的快门按下这些也许无用却美好的瞬间

小鸟起得比谁都早。

不知道是谁为她叫的早,是松针上滴落的露水吗?还是睡前约好吉时良辰打开重重花门的花苞?

那蘸水描眉梳妆的妩媚,那抖松花香熏染的羽毛的欣然,那一再转音的娇憨……生生唤醒了天亮。

可惜你听不到,每棵树上都有小鸟在歌唱。也遗憾你看不见,不停地从这棵树飞到另一棵树,小鸟的每一次落脚都像踮在琴键上。那竹园,那树林,那田野山峦,都镶嵌在一把无形的叫作风的琴上。

有在桂花树丛里低头喁喁细语,让人不好意思打扰的;有在竹林里耳鬓厮磨、你侬我侬的,让偷听的人忍不住甜成一颗糖;还有不停地从柿子树追逐到柚子树,又在含笑树上闹成一团唱得花枝乱颤的,让听见的耳朵都欢得想满地打滚;有群聚在大香樟树上叫嚷着也不知道讨论什么大事，但听着还是蛮重要的；有一小队文艺腔的在银杏树上咏叹着像是彩排小歌剧的，是《罗密欧与朱丽叶》还是《牡丹亭》呢？

这一大早上，站在窗前听这堂小鸟们的早课，耳边虽鸟语喧哗，心里却一片静谧。感觉时间都是慢慢的，被小鸟一声接一声从很远的地方翻山越岭地衔来。每一秒都可以接在掌心，经得起像荷叶滚露珠似的细细盘玩。

虽然生活快如闪电，也是从这鸟声里一天天悠悠醒来。

虽然日子繁如乱发，也有鸟声如玉簪子绾紧纷飞的分分秒秒。

每个星期一的早上，在系紧鞋带出发之前，我总会被鸟声一再叫住，数一下栀子花昨夜又来了几朵，看一看蔷薇花的藤蔓一夜间又翻过了半尺栏杆。菜园里的怡红快绿，荷塘里的小莲初见……享受这天籁在肩头的临别温柔一拍，让心的快门按下这些也许无用却美好的瞬间。

然后,微笑着,向前……

第二章 遥想苹果当年

麻球

麻球很小,岁月很大。岁月都滚过去了,麻球却留下了有时候，一样食物给人留下的记忆，远比一顿暴打更深刻，更烙入骨髓。

对小素而言，不能对她提一种叫作麻球的小吃。金黄黄的，包了红糖馅、滚了白芝麻、入了油锅炸的糯米点心。

童年时，家境清寒。三间外面大雨、里面小雨的草房，三棵李树、两株桃树和屋后的一片竹子，就是家里的全部不动产了。好在那时也没过过好日子，并不觉得有多苦。

爸爸出门做工去了，小素和哥哥、弟弟跟着妈妈、奶奶在家务农。村里人日出而作日落而息，和庄稼相依为命。汗流进土里，饭盛在碗里，日子过得简单而寂静。只是，妈妈一个人的劳作对一个家庭的生存来说，几乎就是杯水车薪，饿肚子是经常的事。

一天午后，村里给在田间割稻的人每人发了一个麻球，这在当时是极为奢侈的享受了。别人领了麻球都就势到田边坐下，边吃边歇歇力，妈妈拿到麻球后却以不饿为理由用报纸包了急急揣入怀中。

傍晚,当妈妈小跑着回到家,献宝似的把那个珍贵的麻球展示在全家人的面前时,却没有等来预想中的欢呼,谁都没有说话,唯有麻球的香迅速弥漫了整间堂屋,那个香啊,要人命的香。妈妈突然意识到,这一个小孩拳头那么点大的麻球五个人怎么吃呢?似乎坚强得什么都难不倒的妈妈突然崩溃大哭……

那个麻球是在一家五口人的抱头痛哭中,奶奶拿菜刀切成了五小块,大家就着泪水分着吃了。那麻球的香甜和妈妈泣不成声的辛酸,成了小素心里永远不能忘怀的痛。那天,她在心里暗暗发誓,将来自己如果赚了钱,第一件事就是给家里人买一大筐的麻球,让妈妈再不用为了如何让全家人分吃一个麻球而纠结,而伤怀。

多年后,小素在城里赚到了第一份工资,除了留下吃饭的钱,她真的全部买成了麻球,拿竹筐装着，一路换乘长途汽车风尘仆仆地送回了家，虽然那时家里的境况已好多了。那天，全家围着一筐麻球又哭了，不过，这回是因为高兴。

即使现在什么都吃得起了，即使已随时买得起几个车皮的麻球了，小素依然不能笑谈麻球往事，一说起仍会哽咽。而让妈妈高兴，让亲人幸福，也成了她一生追求的理想。

麻球很小，岁月很大。岁月都滚过去了，麻球却留下了。

如同，断腕之痛容易忘却，针尖似的痛，却可能会跟随一生。

而有过痛，才会懂得生活，才会珍惜不痛和学会感恩。

女儿红

它的配方是普通黄酒加十数年的光阴和寸步不离的守护

"女儿红"是一种酒的名字。

它的配方是普通黄酒加十数年的光阴和寸步不离的守护。

据说在产黄酒的绍兴，曾有这么一个风俗：喜得女儿的人家会在后院掘地数尺，埋下几大坛或几大缸黄酒。这酒一埋就是十数年，一直得等到那小小的女儿长成了楚楚动人的新嫁娘，才可以出土启开红绸黄泥的坛封，由纤纤玉手斟入贺喜的亲朋好友的杯中。那陈酿的醇香，伴着浓浓的喜悦和稠稠的不舍，穿门过户，氤氲了许多条送嫁迎娶的大路小路，让四处散步的懂酒的鼻子同时找到了通往香格里拉的路。

由那醺然的传说中，可以想象那新娘用柳枝描过的弯弯眉，由鹅蛋粉轻抚过的粉脸玉颈，那用绛红唇纸抿过的樱桃小口……那新娘脸上一点点洇开、酒色般的害羞，那样的一天，那样的心情和容颜，是她一生中的最美。还有那喜被中藏着的红喜蛋、红绿花生、莲子、枣子，那大红的绸子嫁衣，那系了红丝绵的红木嫁妆，那车载斗量的祝福、喜筵上荡漾开来的笑声和醉意，是怎样幸福了平日里清冷的板凳、桌子和小院里飞来飞去的尘埃。

要多大的耐心，才能令父母经过十数年的等待，把平常的酒酝酿成了玉液琼浆。是多深的爱，让父母含辛茹苦把小背心似的招人怜的小丫头拉扯成了小棉袄似的知冷知热的大姑娘，并笑里含泪地将她交到那叫作女婿的男人的手中。

这么一杯终将远离家门、馨香了别人家庭院的"女儿红"，即便不再在土里深埋，也一直擎在父母的胸口，舍不得它风吹，舍不得它雨淋，为人父母的，无怨无悔地付出，只希望那双手接住女儿将来的人，也懂得宠爱和心疼，千万别辜负了如花美眷和似水流年，特别是吉祥、喜庆的"女儿红"。

【相见】

暗夜里
树停下脚步
左右确认后
突然唤出深藏的花朵
得意地一一端详
它没发现
我等这刻已等了很久

遥想苹果当年

虽家有窈窕桃李,却对镇上才有的苹果心向往之遥想苹果当年。虽家有窈窕桃李，却对镇上才有的苹果心向往之。

那时，最期待爸妈去三十里外的富阳镇上。因为他们回来时，总是会尽可能地买点零食给我们兄妹解馋。坐在门口小板凳上小口小口享受零食的我们，如出壳小鸡般毛茸茸欣欣然。一把糖块，或者几个苹果，都使我们快活得胸口装了弹簧一般。那些苹果大都是因为烂了动过切除手术的，有的是大半个，有的是一小块，样子有点寒碜。但是苹果如果不烂，就不会削价，我们就吃不起。残缺的苹果还是苹果，还是比自家树上的毛桃子要金贵，它给我们的依然是完整的快乐。

烂苹果是寂静清贫岁月里的欢呼雀跃，它肆意的香甜，把我们酣睡在稻草床垫上的黑白梦境包扎得五彩的。那样的满足，是现在给我们整个果园也无法得到的。那时的烂苹果是有福的，那时的我们是有福的。从没告诉别人，我曾有一个理想，是拥有一麻袋的烂苹果，坐在向阳的山坡上，一边放羊，一边削烂苹果，恶狠狠地从早上一直吃到黄昏。

如今的苹果品种越来越多，也越来越漂亮了，漂亮得令牙齿不自觉地就自卑得失去了狂欢的战斗力。现在的烂苹果依然是苹果，但它们大都直接痛快烂掉。科普读物上说，烂了一点点的苹果不能再吃，因为果肉已被腐烂产生的毒素污染。可村里民谚说，歪瓜烂桃子最甜最好吃。我相信科学，因为据说这和美好的将来有关。我也无法背弃民谚，因为它似从前的谷粒，大大咧咧地喂大了我的童年。眼前指日可待的白白胖胖，可都得益于那时的杂食和糙口。虽说再穷的人家也烂得起一个苹果了，可吃好喝好了的人怎么就经不起一只烂苹果的腐化了呢？人真的是越活越脆弱了。

当然，若有成堆的好苹果等着我们享用，却还去吃烂苹果，就多少显得矫情了。再说现在真要买那种动过手术的烂苹果也不是那么容易找的，总不能等好好的苹果烂了再吃吧？！只是我们不能太心疼自个儿的胃，保不定我们精挑细拣地,把自己精致得纸人似的风吹跌倒叹气头晕时,细菌们就在一边托着小腮帮挤眉弄眼地偷笑呢。

曾经梦里笑醒,梦见春花般恣意狗尾巴草般青葱的从前的自己,带着一车嫁妆穿过月光如银子铺满地的乡村大路去嫁人,车是"宝牛"牌新牛车,嫁妆是那只爸爸亲手做的拼花大柜子,柜子缝里逃出来的烂苹果的醉人芬芳,如诗歌被晚风反复吟诵,天地俱深深呼吸。可惜梦醒得太早,不知道那接应的臭味相投的夫君是谁,而梦和从前一样无路可返,无缘相见相守的人,终是一梦相隔两茫茫了。梦里那一车好好的烂苹果,也不知道后来到底便宜了谁,每每想起,都心疼得夜不能寐,又不好意思和人说,唉!

晾杆上的雨丝

那些诗意的劳动创造的浪漫礼物,让沧桑岁月有了温润的质地,让苍凉时光有了明媚的回忆总是在霜起的时候，地才空了，才安静下来。

原本铆着劲生长的庄稼们终于歇下了，嚷嚷着，欢天喜地或出了远门，或躲入了谷仓，蚂蚱和田鼠也都走亲戚度假去了。

村里人有了点闲，就开始着手将憨笨番薯变成窈窕粉丝的传统戏法。不知道番薯们高不高兴，反正小孩子挺高兴的，唯恐天下不乱地穿行在忙碌的大人间，急吼吼地期待着不知什么的诞生。

天才蒙蒙亮，妈妈和村里的女人们就起来了，风风火火地领着自家的番薯去池塘、水库沐浴。这时的水面常常结了薄冰，拿捣衣棒敲啊敲，突然冰面就敲开了一条缝，咔嚓咔嚓地那冰就让出了约一平方米的水面。也不管有没有惊着水底好梦正酣的鱼，女人们就在各自的一平方米水面忙乎起来。

当男人们起床时，村东头的大雄鸡已吊好嗓子，村西边的大黄狗也已结束早锻炼了，收拾得唇红齿白的番薯也等在独轮车上了。

炊烟四起，村庄醒来。

乘着男人们推的独轮车，一路听着他们哼着小曲，小媳妇似的番薯咿咿呀呀地去了三里外的碾米站，完成赴粉蹈碎的过程，又赶在午饭前穿过小松岗、翻过两道小坡，回到了家。碾碎的番薯要经过淘洗、滤渣、沉淀、曝晒，才能萃取出雪白的淀粉。

冬天的太阳力气比较小，要很多天才能把湿淀粉里的水分搬走。等到那原本凝成块的淀粉一碰成末，妈妈就会在太阳下山前把晒在圆匾里的番薯淀粉收起，就着余温封坛保存。一起装入坛里的，还有孩子们在不远处嬉戏的声音，和暮色里炊烟袅袅的祥和气息。

然后，不知道哪一天，村里人像约好了似的，各自在家起个大火的柴灶，把一米高的木蒸桶蒸上。水要开，火要大，手要稳，在一屋的腾腾热气中，用水化开的牛奶一样的淀粉液一层一层地舀入蒸桶，熟一层，倒一层。直到蒸出一个微紫、微透明又似乎很弹牙的圆饼子，番薯一生最华彩的篇章才终于出现，在一把刨子和淀粉饼子的缠绵中，粉丝行云流水地飞曳，目不暇接。

刚见人的粉丝是怯怯的、柔柔的，得如久经规训般风干了，才能温良恭俭地，等待一席良辰心手相携。就这样，一晾杆的粉丝，恣意飞扬了小院，飞扬了全村。那是番薯写的诗，小风一吹，是在诗朗诵呢；那是番薯画的弦，天地大琴，弦上住着天籁呢；那是番薯藏的雨，是晒干了的雨丝呢……

由番薯粉丝，想起了桑蚕丝，想起了米酒，想起了那些晴耕雨读的旧时光，是那些诗意的劳动创造的浪漫礼物，让沧桑岁月有了温润的质地，让苍凉时光有了明媚的回忆。

种一亩番薯，晒一匾番薯淀粉，晾一院番薯粉丝，浅茶满酒地活，草本地活，缓慢地活。这样的画面，如今想起来，多么美。只是，当时并不觉得。多少事，都是这样。

板凳上的柚子

因为善，一棵树也有情怀。因为在乎，在一颗柚子上，也可看见感恩和悲悯春分。

雨水安静，听花拆。

家门口，花开络绎，素颜皎皎，不染纤尘。

自在日子，一草一木都明媚照人。

走了玉兰，来了樱桃。树们弯腰取回折叠了藏在地底下的绿，又起身将每一片新叶高高举起，从天上接一树铮亮新鲜的好日子。

这样的早上，走出家门口后，简直寸步难行。哪里都是新的，哪里都舍不得踩下去。

而不变的，是香樟树依然玉树临风，柚子树依旧风采俊朗。在许多不期而至的风里，在蔷薇花将一段篱笆开成了一面花墙的那一段花时，两棵树缓缓推来推去，晃落鸟声一地。

不知道从哪个早晨开始，它们互相叫早，它们互相收藏家门的钥匙。

也不知道从哪个良宵开始，它们寸步不离，它们一起侧向一个方向睡。

它们相见恨晚，它们相亲相爱。

我常在很晚的夜里开窗偷听它们的窃窃私语，虽然听不懂它们的树语，但它们的声音让夜晚温柔，让夜晚充满想象，让我不再害怕寂静中听得见一片叶子砸在地上的动静。它们让我感觉，这夜晚有美好的事发生着，虽然自然神秘未知，但有它们在，不需畏惧。

去年的整个夏天，香樟树如一顶华盖，为皇帝一样的白天撑起一角天下一般贵重的阴凉；柚子树如一把轻罗小扇，帮夜晚把暑气慢慢扇去，如同将一件揉皱的衣服慢慢捋平。

再后来啊，柚子树上结了三个柚子。眼看着那柚子一天天长大了，我曾在一个夜里纠结一宿，想着是不是该给柚子们提个醒减个肥啥的，不然这柚子树的细胳膊细腿怕是提不住了。天亮后我就发现白担心了。

晨光中，柚子们已憨憨地稳坐在爸爸为它们定做的高高的板凳上，唯恐它们睡梦中翻身不小心滚落，爸还给每个柚子系上了红缎子的保险带。

板凳上的柚子，如坐在一架奔向秋深处的马车上，每次看见都觉得它们有一颗想飞的心，飞掠过菊花黄，飞掠过白露霜降，飞掠过炊烟饭香……

板凳上的柚子，犹如坐在一顶花轿上，在来来去去的风里惬意地晃悠着。在朝夕幻变的光影里，感受季节的嫁娶，聆听春日如筝、秋夜如箫……

从去年秋天到今年春天，柚子们始终在板凳上，虽然已果熟蒂落。它们就像草本的灯盏，给晚来的归家递亮。

也许是因为柚子们没有翅膀，无法完成一次像样的逃离。但我更愿意相信，它们是因为爸爸的呵护而留，它们一定是不忍见哪天爸爸突然发现板凳上空了的失落。

因为善，一棵树也有情怀。

因为在乎，在一颗柚子上，也可看见感恩和悲悯。

简单地生长，简单爱。

像一颗柚子一样，和家人在一起，和小村在一起。

【弯腰】

砍柴的人弯腰
黄昏也弯腰
弯腰捆起了松涛
弯腰捡起了炊烟

明前茶

每一朵明前茶里,都倚坐着一个醺然的春天

绿琉璃般，第一盏明前茶。

感觉是刚用一管雪白羊毫蘸绿墨写就的一首七言绝句，或是一绝世青衣水袖轻扬的一支惊鸿舞。

感觉是用来吟诵、聆听、闻香、赏色，唯独不是用来喝的。谁能舍得喝下那样醉人那般销魂的赏心悦目的一抔绿呢？

午后，暖阳下，或者微雨中、明窗前，就着或远或近的青山、茶园，与一盏明前茶拱手对坐，每一寸时光都是葱绿的，澄澈的。

那列轰隆而至的叫作春天的火车在一缕袅娜的茶香前戛然而止，慵懒地盘桓数日后，开始马车般的缓慢时光，各种新调制的颜色，沿着车辙，洇染了道路两旁的田野，又漫上了缓坡和山岗。

而明前茶，就如春天的第一个邮差，把江南

小村某一座茶山上某一棵茶树的一枚念想,带去了远方。那芽尖在一杯沸腾的水中缓释而出的绿,是爱情的倾诉,是亲情的慰藉,是友情的问候,反正都是这春天第一拨席卷而至的惦记。

偷得片刻闲,就着几块手工花生酥,小口小口地抿饮春日良辰,三水过后,茶汤渐淡,却感觉每一根骨头每一个毛孔都透着浅浅的水绿,且有了微微荡漾的醉意。才知道,茶也是会醉人的。

每年,妈妈都会在清明前亲手采一些刚破梗而出的嫩茶,由爸爸在柴灶的铁锅里精心调教。那采回的小而匀称的新茶芽尖会在妈妈温热的指间做短暂停留,再在竹编的篓子、篮子或匾上稍稍歇息,平复离枝的心绪,收拾自己的妆容,或安置好我们看不见的刚置办下的春天的细软。然后,在爸爸的手和铁锅、柴火的成全下,新茶把青葱翠绿的颜色和草本的香封存在了扁扁、干干的小茶叶片内。出锅,散了余热,封了牛皮纸茶叶袋，在放了生石灰的缸里窖藏。然后，开缸，自饮，或是送人。这制茶的过程，是一项劳作，也是一个仪式，那茶叶经了手工的反复翻炒、揉捻，茶香自指尖弥生，丝缕相缠，直至满屋缭绕，春天也在那一刻渐入佳境。

爸妈手制明前茶的味道，是真正的小村的味道。哪怕是出自最好的乾隆御批的那几棵茶树王的明前茶，也是不能比，不舍得换的。如同家里的土鸡蛋，自种的水果蔬菜，自酿的酒，对我而言，都是这世上最好的养心美食和补心良药。

每一朵明前茶里，都倚坐着一个醺然的春天。

一粒米

一碗米香,让虚席的肠胃满座,让慌乱的心绪安宁那青葱的秧田，那金黄的稻浪。

那风吹过来让人忍不住想在田边树荫下搁张竹躺椅喝杯茶哼段小曲的稻香。

那由一箩的稻种和一季辛劳繁衍出来的可以欣赏也可以吃的一席画色渐变的田园风光。

是土地对农耕者的馈赠，也是上天对与土地相依为命者的犒赏。

稻谷在田里是庄稼，如玉皮包裹的原石，脱了壳成了米就如开片见了成色的玉料，而米酿成了米酒或碾成了粉做成了米粿，就是完成了雕琢的艺术品了。

稻米香很淡，要很淳良清澈的草本气息的人才感受得到，是我们闻香识人间懂得的第一种植物香。一碗米香，让虚席的肠胃满座，让慌乱的心绪安宁。那些历经浓香劲辣的魂魄，最适合以一碗原味米汤压惊。

米粿温良，米酒浓情。米粿含蓄内敛，米酒直白不羁。

米粿有圆有扁，圆的有浑然天成的稚拙，扁的多了木模具造型拓花的精致。米酒有甜有烈，清甜的娇憨可人，甘醇的成熟魅惑。简单经历的米粿单纯乖巧，历经酝酿的米酒沧桑从容。

厨房里，蒸屉上，热气缥缈如薄纱，借一缕小风轻拂，隐约见甜糯豆沙馅、鲜辣腌菜肉末笋丝馅的莹白米粿，楚楚动人；厢房里，酒缸内，醉意缭绕留人，以竹制的提子缓缓打上一碗清甜醇美的玉色米酒，是田园生活几经辛劳后终于可以一饮而尽的惬意。

那潜伏于碗碟中的一粒米的脱胎换骨的传奇，那隐身于一缕醉意中的一粒米的涅槃轮回，是一粒米的修行，更是种田人的修行，修的是风调雨顺、五谷丰登，修的是钟鸣鼎食、天地人和，修的是故乡安然、父母家人平安，修的是惦念的人会回来安静地坐在桌边与你举案齐眉，等你端出米粿为你倒好米酒……

一粒米，一亩田，一家人，微笑向暖。

【喜欢】

那些

天黑才赶到的花苞

梳了古典的发式

抹了胭脂

正忙着粉墨登场

一个怎样的夜晚

一个怎样的夜归人

当得起这样夜不肯寐的喜欢

小村咖啡

就着咖啡香,一页页享受着折子戏一般慢悠悠上演的书里岁月,突然就觉着世事皆好、万般皆美小村，二月的夜。舍不得睡。

耳听得春雨一遍遍轻扫过青瓦，拂尘过境般细碎、清寒、入心。

二十二点十分，在桌上海拔一尺的新买的书里左右端详，终于拈花一般取一本在手，打算过一个饕餮的夜晚。又怕来不及细品，好东西就一下子囫囵吃完了。这在我是有前科的，好书在手就如好吃的在嘴边，根本来不及想怎样剑拔弩张地予以抵抗，就已经偃旗息鼓缴械入库了，那叫一个暴殄天物啊！

于是想着要给自己的牛饮似"牛读"匹配一点缓冲的美好障碍啥的，正想着呢，在妹妹的微信里看见她刚发的"这个时候如果有一杯……"和一张咖啡的图片，遂应了句"我也这么觉得，正纠结要不要老怀颤抖着把新买的咖啡豆子磨一把煮一杯慰藉一下红袖自香夜读书的孤独小心灵呢？"咖啡和书自然是绝配，喝杯店里的咖啡原本也不算个事，但在这离小城二十里路的小村，在这个时间点，真真是遥不可及的痴心妄想了，而能想起这杯咖啡的姐妹，该是多么人神共唾的矫情啊。所以，心虚的姐妹也就在微信里微一下而已，不敢当真的。

半小时后，电话突然响起，妹妹在电话里说"快下楼哦，咖啡送来喽，你一杯，爸爸一杯……"直到妹妹和妹夫把两杯温热的咖啡从围墙外递到手上，我才相信这亲情外卖是真的，这俩人居然真的大半夜跑城里买了咖啡送过来了。

在一阕词一般静谧的小村，在小鸟睡了、麦苗睡了、村里人几乎都睡了的小村，在被窝里看电视未睡的我爹，在枕头上发微信未睡的我妹，在书桌边看书未睡的我，在深夜十一点多，居然喝上了一杯城里的咖啡。这杯亲情的香醇咖啡，穿过璀璨的大街小巷，穿过水墨的田野山间，以城里的小资情调拥抱了小村的浪漫情怀。一杯咖啡很小，一份惊喜很大。这样的小村，这样的一家人，真的称得上是上天的精心安排。很幸运，我也是被安排着的。快乐，有时就是这么简单。

就着咖啡香,一页页享受着折子戏一般慢悠悠上演的书里岁月,突然就觉着世事皆好、万般皆美。

相信一定有很多已安排好的美好正锦衣夜行地往小村飞奔而来。

飘雪

当"飘雪"在一杯清水里慢慢盛放,如莹白春雪和嫩绿春天的初见有一种绿茶叫"飘雪"。

当"飘雪"在一杯清水里慢慢盛放,如莹白春雪和嫩绿春天的初见。

但见茶汤渐绿,宛如从春睡中惺忪醒来的茶芽和雪白的茉莉花将一个青葱的春天缓缓重现。氤氲茶香里,有清风明月,有山岚炊烟,有林声鸟语……

与一杯"飘雪"对坐,如与春天手谈,如与春风共席。

喜欢这茶是因为它自带唯美画面的名字。

深爱这茶是因为它是一位我很在乎的朋友送的。

喝"飘雪",每一寸意念、每一寸空间都被花香、茶香,你中有我、我中有你的草本香宠溺,每次都会心生美好和莫名的感恩。但每次又总觉得缺点什么,也许是一种珍爱的仪式感。一直觉得,对在乎的人、重视的事,或者对一本喜欢的书、一张心仪的唱片或碟,都是需要仪式感的表达的。哪怕一个人潦草轻慢一生,也总会对那么几个人生细节给予认真、隆重的礼遇。

午间,沏好一杯"飘雪",未及啜饮,无意间看向窗外,突然发现刚刚还是微雨的室外飘雪了,而且是很大很大的大雪……

那真的如鹅毛般的雪花顺着晶亮的雨丝从天上飘飘然倾囊而下,好像是上天突然做出了一个重要决定后的昭告天下。那雪纷纷扬扬飘落在院里那棵盛放的红梅上,美得深情中有飞蛾扑火般的决绝,美得寂静中有裂帛之声的惊艳。

终于等到了,天地间的红梅飘雪,杯中的绿茶"飘雪",完美相见。

从未想过,这世间真的有如此绝配。真的没想到,一杯美好的茶也会有和天意相合的机缘。

那么人呢?是不是也都有最好的安排,也许早,也许晚。

不过十分钟,雪走了。

因为太美,所以转瞬即逝?无从问。

好像红梅飘雪只是绿茶"飘雪"做的一个梦罢了。不须追。

还好,我怕忘记了,用手机录了一段飘雪。然后,铭心刻骨。

今生今世,哪怕天地都忘了,我依然会记得。

始终相信,该来的飘雪一定会来。

每一片飘雪都会落在想落的人的面前。

一棵蒜

一个素人、一棵素蒜,在高楼上深情相守

一棵大蒜也是可以有文艺情怀的。

听多了别人附庸风雅炫耀琴棋书画的，容我附庸家常地显摆一棵住在二十三楼的大蒜。

忘了是哪一天，对尘世烟火突生无限爱恋，觉得唯有去菜场逛逛才能缓解，于是在各路蔬菜小仙间流连又流连，最后领回了一颗大蒜。也忘了当时是想拿蒜做中式醋蒜呢，还是想做西式烤蒜，反正那个蒜后来献身未遂，被我隆重地忘在了厨房。

等我再看到那棵蒜时，它已在冷宫自力更生见风长地冒出了小绿芽，自说自话地打算私奔美好前程了。我本着每个梦想都值得被尊重的立场，顺手把它按在了阳台上一只闲置的带土空花盆里。真的没想它能怎样，如果有想大概是它爱咋样就咋样，好歹给它封赏了一独门别院。

谁料想，几天后，月光下，惊觉大蒜本尊居然长成了玉树临风样，身高七寸余，青葱若翠,似乎趁我睡着了把阳台当作了它的行宫,虚眼一看,俨然是风度翩翩、骨骼清奇的一棵水仙嘛!

早上,我磨咖啡豆时,眼看着蒜叶子闻香见长,极其受用的样子。傍晚,我惊艳晚霞的瑰丽激动得不知如何是好时,大蒜微醺着淡定若素。在我眼前,它轻轻摇曳着,一会儿是身在二十三楼看尽人间繁华灯火的从容,一会儿是向往低处院落里鸽子在晨曦里翻飞的懵懂,一棵原本应该在小村菜园听风沐雨的大蒜,在城市高楼阳台的咖啡桌上活出了万种风情。真不敢想象我上班不在家时,它会干出啥事来。开我的音响听我喜欢的爵士乐?煮我的咖啡喝我的"飘雪"?撩我的绿萝逗我的金鱼?

想来想去,蒜大终究不中留啊!一狠心,晚上剪了几片叶子炒了个绝对手做有机大蒜土鸡蛋……那味道啊,好吃得舌头都飞起来了。

然后,吃了半碗大蒜炒鸡蛋又想想太随意

了,不够隆重,用剩下的蒜叶子又做了碗面……

现在,我的小肥腰和我亲生的大蒜身心合一地在一起了,永远。

为了纪念,我把这棵我亲生的文艺大蒜的故事发给了堂妹燕飞、小鹿,亲爱的她们一个说马上打飞的来,要我留几片大蒜叶子给她炒腊肉;一个说原来文青还亲自吃大蒜炒肉呢……文青还亲自长胖亲自减肥亲自那啥啥呢……

后来,这棵大蒜一茬一茬的,就凭着一把土和一窗的阳光、些许月光,在高楼活出了丰神俊朗的几世轮回。然后突然有一天,我出门几天回来,它已翩然而去,只在花盆里留下了薄薄的蒜粒的壳,和几片枯叶。没有告别,没有缠绵难舍,它走得痛快决绝。

一个素人、一棵素蒜,在高楼上深情相守。我只给过它几杯清水,它给了我将近一个月相看两不厌的清欢。虽然短暂,也算是人间难得的以一生相许的陪伴。

从此，我不种水仙，也不种风信子，更不种葱韭，只等清艳独绝的大蒜梦里重回，和我一起看月亮，一起伤感，一起欢喜；和我一起看灯火，一起万念俱灰，一起向爱而生。

【花信】

也就几天没见

就成这样了

花朵从很远的地方赶来

连滚带爬地站满了枝头

然后深情款款地盛放

一朵一朵一朵

好像在给谁写情书……

第三章 小村如蓮

小村如莲

也许小村是一只莲花形妆奁,里面藏着生命里最美好的记忆小村如莲。天地如徽宣。

小村在山里,像上天舍不得示人的珍爱宝物,山重水复地藏了又藏。

小村形制古典。如莲花花瓣的山峦层层环拥,拥着花蕊上的千年古寺,寺里的观音菩萨正好坐在莲花座上。隔着花树,隔着山道弯弯,村舍三三两两,镶嵌在绿油油的田间、地头、坡上。村民们在木鱼声里插秧割麦,老牛小羊们在诵经声里安静吃草,如散养的村落。

也许小村是一只莲花形的碗,里面盛着这世上最贵重的东西,最清甜的空气,最好喝的白水,最好吃的青菜,还有最亲的人。

也许小村是一只莲花形妆奁,里面藏着生命里最美好的记忆,嫁娶的喜糖,满月的银锁,花好月圆的书信,四世同堂的相片。

在小村,过的才是日月光阴,过的是农历上的日子,过的是二十四节气。在这里,时间似乎总是比山外的要慢几拍,它们顺着瓜藤慢慢滑坠,跟着菜秧渐渐青碧,随着晨雾缓缓散去。在这里,总有那样的恍惚,村里一日,世上千年。

每一个村里人都是柴灶里的饭菜喂大的,最本真的味道,会一直留在舌尖上,就算他日面对满汉全席也不会忘记。炊烟是家家户户的深呼吸,也是农家对上天一日三次的感恩供奉。炊烟也是灶王爷的天梯,每年年底它都沿着这把独家专梯去天上向玉皇大帝禀报人间的年景。

哪一家有红白事都是全村人有事,全村的碗筷、桌椅都齐聚事主家成席,全村的巧手女子勤快男人都不等召唤就去事主家帮忙,买菜、下厨、上菜、洗碗,和在自己家干活一样自然妥帖。一个村庄就是一个家。

一如庄稼的轮回更替,总有晨曦般清新的孩子突然来,总有月光般温润的老人遽然走。欣喜和伤感,总是弥漫在柴米油盐的角角落落。生和死,在这里只是隔了一个离别,只是隔了从堂屋到山上的距离。

会教书会绣花的奶奶,会做盘扣会烧好菜的外婆,俊朗会开车的爷爷,剽悍爱打猎的外公,他们都住在山上了。想着,也许爷爷会开车带着他们去远游,外公会带着他们去野餐,也许男人们抽烟喝茶时,奶奶插花,外婆烫酒;想着,反正那个地方我们最后都要去,就如一个在水里游泳的人总要上岸,心里的难过才稍稍好过些。

每年都有好些祭祀的日子,每家都会为故去的亲人做一桌好菜好饭,上香点烛地请他们回家吃饭,并接受子孙们思念的絮叨、孝敬的冥币和迎送的跪拜。每年的除夕夜,就算是下雪天,村里人也要步行去寺里上炷头香,点上莲花对烛,感谢一年的平安过去,祈祷新的一年如意。新的一年,是被古寺大殿前一地亮了一夜的莲花对烛引领来的。那样的时候,天上人间,一团和气。

小村处处有莲。池塘里有莲,小溪边有莲,

石臼里有莲,妈的名字里也有莲。

小村处处有美,在每一朵盛开的莲花里,在每一段莲藕里,在每一个莲蓬里。

我的小村,我的莲……

【抱】

春日花间行
一路抱香归
一整个春天
我都走不动路

小小竹篮

只有能为生活所用的物件,才和生活一样久远现在很难见到挎着竹篮子的人了。

也很久没有见着有人提一竹篮子"大红枣儿送亲人"了。

那些芳名腰子篮、冬瓜篮、长环篮、茶篮的竹篮子，怎么就没了呢？是从前的竹园不长竹子改长塑料袋了吗？

去山里看看，竹子还是好好地在，只是那些会编篮子的篾匠师傅都老了，而本该继承他的衣钵的儿孙们因为竹篮子不好卖，手艺大都已是荒废得一根竹篾丝都破不熟练了，哪个还想得起来编竹篮子呢？

那天回村，看到一女子提着一竹篮嫩番薯梗走出一个菜园。并没有看清她的相貌衣着，只是觉得她左手挎篮子，右手撕着番薯梗上的叶子，施施然走着的样子很美，和周边的绿色很合，那只竹篮子成了在她身上最精致的部分，也是最动人的细节。

现在有那么多人喜欢清亮的民谣，宽敞的布衣，向往阳台上有竹篱笆，有一畦十四行的小菜，恨不得把村里的好空气、好水、好光景都搬进城里的阳台来，怎么就不把竹篮子"唤取归来同住"呢？它的家学渊源、气质、胸襟、建筑美，哪一点不比塑料袋优雅、时尚？

编竹篮子是一种技艺，也许有一天它还会成为一项文化遗产，但我想它需要的不是博物馆里的怀念，而是和我们一起呼吸一起老的人间气息。只有能为生活所用的物件，才和生活一样久远。

竹篮子是圆形书简，里面住着鸟声啁啾，住着风花雪月，住着炊烟，住着一个村庄的历史。

竹篮子是生活艺术品，搁着看看都养眼。在臂弯里偎着的竹篮子散发着特有的娴静安然的烟火气。静坐着的竹篮子上弥漫着对好菜好饭好日子的感恩和向往。

竹篮子多么结实，一般的迎来送往一点都不

会让它衣带渐宽,若有一天实在老得走不动了,还可以最后做熟一顿饭,红红火火地归尘归土,除了饭香,不留一丝痕迹。

  从伸手挽起一只竹篮子开始,回归草本的生活,回归简单宁静,回归萤火星光,回归露珠山岚,回归爱。

想念豌豆花

那些青葱如嫩豆荚的梦,也好久没来找我了

豌豆花是用了许多对绿翅膀，才从遥远的地底下飞到了豆苗的房顶。

最先来访的是一伙蜜蜂，它们像刚学习拉二胡的小孩，兴冲冲地弄出很多响动，也不管别人乐意不乐意听，倒也挺热闹。

我是第二个到豌豆花家走动的。我来时它们大都在睡午觉。豆苗间的杂草身材都特别窈窕，长腿细腰的，极嫩，是最好的猪草。等到豌豆花醒来，觉着住处突然宽敞了，还以为自己梦游着搬了家呢。

为着让豌豆花充分享受惊喜，我总是在它们醒转前离开。不过并不走远，就在离它们几十米的大树下休息一会儿，坐或躺，睡一会儿，做个小梦。那梦里梦想的也就是些很实在简单的愿望。可这样自娱式的精神会餐会赶走身体里的累，如同把一群羊随风赶过了草滩。

现在，我再不用冒着大太阳去田里劳动，去有豌豆花的地里为猪找食了。那现在说起来诗意，实则艰辛的乡村生活成了醒神的秤砣,每当我有稍许忘本或张扬的神情,它就毫不留情地把我得意上扬的秤杆猛地压下。

好久没在田头地角的树荫下歇凉小睡,那些青葱如嫩豆荚的梦,也好久没来找我了。

【昭告】

玉兰辛夷掌灯

梨花海棠扶雨

红得不顾一切

绿得豁得出去

一花一信

拆天拆地昭告

喜欢你

水晶玻璃花瓶

那冰美人似的无邪和婉拒,让豪放的触摸在指尖相触的刹那终于温馨成轻柔的耳语水晶玻璃花瓶如美女一匝匝长成，爱也爱不过来，爱得钱夹都紧张得气喘。每次与它们在商厦里邂逅，都如见着了前世爱人般挪不开步，每次都险些把地板站出个洞来才逃离。

真的爱死了那份晶莹剔透。那冰美人似的无邪和婉拒，让豪放的触摸在指尖相触的刹那终于温馨成轻柔的耳语。无意间在瓶壁上留了一个指印，那清晰凸现的认同，恰似一吻定情或媒妁之言的约定。那冒失的手指就觉着有了领它回家的重诺。

也略知老祖宗的名窑名瓷之民族文化底蕴博大精深，但那种厚重和精致的美最好有中式庭院、亭台楼阁、雕花红木家具侍候；往瓶里插梅花的也该是元、明、清时宽襟盘扣的闺中玉人。玉人们做的大都是赏赏花，往花笺上填填词或红袖添香的雅事，最出格的也就是托丫鬟给西厢的某书生送送玉镯或锦帕私订终身什么的。自认不但无好房好家具匹配，而且还得打散了头发为生计打拼、很不淑女地为一点小钱与人砍价,委实无福手持轻罗小扇自得于名瓷左右。我还是偏爱一只一尺高的水晶玻璃花瓶,它对任何花都包容、呵护,从不喧宾夺主。插一把纯一色的白百合、蓝鸢尾或三两枝天堂鸟,搁哪儿都是眼睛一亮的喜悦。

"一片冰心",似乎更宜"在水晶玻璃瓶"。想想看,收到一份礼物,打开一层一层又一层粉粉嫩嫩的彩纸,见到了一只水晶玻璃花瓶,瓶里放着一粒红豆。这小小的情怀由水般透明的花瓶呈现,是不是比玉壶、陶钵、瓷罐什么的更清澈了然?

看着水晶玻璃花瓶,觉着生活不只是为了把日子过得繁华,而是繁华中也有着水晶般的梦想和纯真。

【那时候】
一日三餐
妈妈拧亮米饭
把土地的恩泽
分给每个怕黑的小孩
再把鹅黄微蓝做成板凳
垫起我们素白的童年

古玉

愈是久远的玉，愈是沧海桑田可做家史族谱乃至史书平生爱玉。

都说女人爱珠宝，爱那炫目的光亮，我却独爱玉，特别是古玉。爱它的不张扬，爱它的精光内敛，爱它的温润，爱它的古拙的形制和精致的玉工。

如果玉会说话，每一块古玉里一定都有一部家族的变迁史。愈是久远的玉，愈是沧海桑田，可做家史族谱乃至史书。

每每将古玉置于掌心，总觉它的沉，它的暖。手温和玉温很快就能相融，让我不得不相信老辈人说的玉内有人气，好玉需要人气久养。

常对着一大堆玉器行里的古玉傻想，哪一块古玉里曾住过我的前生？哪种玉色是经他的手气盘玩？若真有轮回，他会留怎样的一个暗示在玉的肌理？

曾有很长的一段时间，我因体弱为梦魇所扰夜不能寐。后来得一玉花片，说有护身之用，遂悬于项间，须臾不离。不知是不是心理暗示，反正从此真的不再夜惊。日久，那玉花片似与肌肤浑然天成，说不出的妥帖润泽。

玉很硬亦很脆，一般的铁器对它纤毫无损，但持玉的人若一个失手令玉落地，则必碎无疑，且无从修补。仿佛爱情。

寒夜盘玉，常使我想起那些沉静敦厚的老友。大多时候，他们都只对我默默关注，一旦我有麻烦，他们总是第一时间伸出援手，且不许我说半个"谢"字。"寒夜客来茶当酒"，那样的夜晚，是不是也如羊脂白玉般凝润，而那茶香该是玉里天成的色沁了。

要入多少回土，要在土里自闭多少年，玉里才能有那一丝丝刻骨的异彩？要情深几许，才能在那样的寒夜，令茶浓香若酒？

喜欢古玉，喜欢古玉般情浓的朋友。

【想你】

依着海棠花想你
是不是更美好一些
为了让你看见
我努力踮起的布鞋下
垫着盛大的春天

翡翠

那玉里的翠色,似睡过去了很多年的恩恩怨怨,这一刻却因我的一见钟情而惺忪醒来翡翠原来是一种鸟,叫翡翠的鸟不知躲到哪个名字里去了。

在一家小小的玉器店里,我看见了翡翠。这翡翠是一块硬玉。没有翅膀,也没有红红绿绿的羽毛。可是它一下子扑棱棱地飞到我的心里了。那玉里的翠色,似睡过去了很多年的恩恩怨怨,这一刻却因我的一见钟情而惺忪醒来。

很想放纵自己,但那"提鸟笼"的店主,只对我皮夹内的花纸认真。我的喜欢,对翡翠、对店主都毫无意义。原来,对一件东西的喜欢的最高表达方式,有时只是简单到唯一的付出货币。

我不知道什么叫作价值连城。数学很差,不知城值几何,但有一点现实我是知道的,对这块翡翠而言,对很多翡翠而言,我都只能隔"城"相思。

不过没关系。今生如果我有福拥有一个女儿,我就给她取名翡翠。相信那定是我最贵的宝贝,拿几座城池、几担羊脂白都不换的。到那时候，我就是翡翠她妈了，再走过那家玉器店，我就可以昂起头，背起手："不过一块石头嘛，再金贵，会叫妈吗？"

【荷叶】

是轻罗小扇
是绿袖添香
是蜻蜓的秋千
是露珠的美人靠
是风举着翡翠笔
蘸着月光写字

第一朵莲

千万片荷叶矜持地齐齐侧身行礼,手眼身法步行云流水,唱念做打丝丝入扣昨夜，今年的第一朵莲花到了。

特别美，特别隆重，特别动人。

可惜我睡得深，没有听到花过窗，也没有听到香敲门，不知道它来时鞋上有没有溅染月光，不知道金铃子们有没有抬着金碧辉煌的和声去接，不知道院里的石榴花有没有去帮忙端盆洗尘水，也不知道栀子花有没有对它莞尔一笑以示欢迎。但我相信，莲花静美清雅的仪仗，一定美得小村的花草噤声、树木封口。不然，我怎么会错过了呢？

天亮时我才看见，三亩荷塘上伫立着这一朵莲。像一盏花灯，长在田田复田田的莲叶间，众弦俱寂，静谧如画。突然风来，宛如吹开了戏台上的幕布，那似花旦的莲花玉立纹丝不动，千万片荷叶矜持地齐齐侧身行礼，手眼身法步行云流水,唱念做打丝丝入扣,一本绿叶红花青衣花旦的大戏,在渐散的晨雾里不紧不慢地上演。

也许是今晚,也许是明天,莲花们将络绎抵达,一朵挨着一朵,住满荷塘。每一个花苞里都含着圆融,每一枚花瓣上都写着静好。

很难相信这么清丽的莲花是从一节藕里来,也很难相信这么脱俗的莲花是经过厚厚的淤泥来到我的眼前。宁可相信莲花是从很远很远的地方来,坐着蚱蜢舟,坐着木轮车,坐着青布小轿,颠仆而婉约地,来这里是因为和谁前缘未尽还留着念想。莲花簇拥,万念聚集。想什么念什么呢?一定是特别美好的事……

我就那么站着,一动不敢动,像一根幸福的木头,当着这一朵莲花唯一的看客。

就这样,看着莲花,一分钟,像一辈子那么长。

【低】
比积雪还低
比冬天还低
低下身去
我就可以到达春天了

掸了浮云,看牡丹

那些日子呵,早起出门赏花,傍晚扶醉而归,
美好得不似人间,幸福得不知今夕何夕

倾国倾城,最当得起这个说法的大约是牡丹吧。

不知是谁,在隋朝时的洛阳种下了第一株牡丹,那惊心动魄的富贵繁华艳丽魅惑之美,不动声色间就湮没了大唐盛世及北宋年间那些也许原本素白的岁月。

之后,盛极一时的南宋四川天彭牡丹,明代安徽亳州牡丹,清代曹州牡丹,都和洛阳牡丹有着千丝万缕的牵绊。也许,天下牡丹都共有一个魂牵梦萦的故乡,洛阳。

就这样,牡丹成了洛阳的小名,任凭岁月一声一声地低唤。

谁承想,牡丹也成了离洛阳千里之遥的我的小村的一枕好梦呢。

那年冬天,妈妈进城扯布,打算给全家做过年的新衣。不料想喜欢花的娘亲傍晚回家时舍了自己的新衣带回了一疙瘩树根一样的牡丹花种，说一件新衣哪里比得上来年的一堂牡丹呢，还说那是洛阳牡丹呢，大老远坐火车来的呢，不买点都觉得对不起花的心意呢。那天，爸妈带着我们兄妹仨在门前种下了对一个叫作洛阳的牡丹之城的向往，和来年牡丹盛开的美好憧憬。妈妈还拿小竹片在花的安身处编了一圈篱笆，以防撒欢的鸡啊狗啊惊扰了沉睡的花魂。

于是，来年的春天，一天看数回的我们如期迎来了一席叫作牡丹的盛宴。不说花有多么好，只说全村和我们一样从没见过牡丹的人都把这花开当作了过节。流水的看客，让我家烧茶水的炊烟在草房顶上整日整日地袅袅不歇。忘不了，负责灶火的我们抱柴抱得手酸时，难免心有怨艾，爸却乐呵着逗猫逗狗似的拍拍我们的脑袋说，居雅客来勤嘛。忘不了，妈妈每天都喜滋滋地把院子扫啊扫的，扫得地都薄了，她的补丁碎花布衣与花相映，可真好看。

慢慢地，左邻右舍都分种上了我家的牡丹。

小村素描似的日子,因牡丹有了国色天香的国画风致。

此后,每年四月间,小村都会以牡丹的名义铺排这件浪漫的春日花事。柔风拂过,牡丹的步辇一夜间行遍村前村后,满村尽见花影缤纷,若云,若霞……

午后,一村的花朵侧身微微行礼;午夜,满村的花香锦衣夜行。那盛装的每一分每一秒,都值得用黄金或白银的刻刀细细雕镂。

喜欢牡丹,无论它身在熙熙攘攘的城池,还是只容侧肩而立的屋檐下,或如弦上的高山流水,或如云端的霓裳羽衣,始终一样的雍容淡定。

喜欢牡丹,或是一个人来,或是千百人云集而至,它都不惊不郁不悲不嗔,自在地开自己的花,尽心力,尽芳菲。

喜欢牡丹,因为爸妈喜欢,纵然青丝染雪,

他们依然携手喜欢。

从前,如今,都不肯错过小村的牡丹花会。借一场花事,扫净一村的庭院;借一场花事,洗亮所有的眼睛;借一场花事,放下一肩的浮云;借一场花事,让心在寂静而盛大的喧哗中隐居。

那些日子呵,早起出门赏花,傍晚扶醉而归,美好得不似人间,幸福得不知今夕何夕。这样的恣意心情,这样的柔软心境,一辈子终能有几回?

那样的日子,水袖一般翩跹,不需云锦,不需徽宣。

终于记住了——

最绿的牡丹叫"豆绿"。最黑的牡丹叫"冠世墨玉"。最红的牡丹叫"火炼金丹"。最白的牡丹叫"夜光白"。最蓝的牡丹叫"蓝田玉"。最多花瓣的牡丹是"魏紫"。最佳的间色牡丹是"二乔"。

……

每一朵牡丹都美,没有最美。每一朵牡丹的名字里都住着线装的古典情怀,每一朵牡丹的花盏中都盛着微醺的酒意,有心的探花人可带一青瓷小樽,倚着和风,浅斟慢饮,不醉不归。

给你写了封信——

四月天,一起来看牡丹。

你不来,不许花谢。

百褶裙

簇新的是时光，旧了的是心情

老底子的裙子叫罗裙。

老规矩的"笑不露齿，行不动裙"，说的一定不是如今的裹粽子似的窄裙，不然那裙里的腿该是火柴棍或牙签了。想象中的罗裙大概就是戏台上的青衣、花旦穿的海棠红、秋香绿的那种裙子。它们长及脚面又宽敞得几乎可以在里面人动裙不动地散步，藏山匿水地给人无限遐想。

据说从前新娘子穿的绣花红罗裙，得一个绣娘用几个月甚至数年的时光穿针引线。这样的隆重和耐心我们是再奢侈不起了。若实在向往，可以去买一款手绘的丝缎花裙，轻如梦，柔若雾，上身后如清歌一曲，婉转可人，给金属味四周荡涤的视觉予以最轻巧、柔滑的抚慰。置身这么一款裙子里，人不由得莲步轻浅、言语轻柔，不得不女人味起来。这样的纤美之作，即使是旧了、洇了，也是舍不得扔的，多年以后翻出来，依然温馨流转。

千裙万裙，最动人是百褶裙。

多年前，一个女友割爱相送了一条百褶裙。那裙子的每一个褶子都对仗工整、平仄到位，提在手上就如一把微微打开的折扇。虽然现在的我已装不进那一尺七的小腰身，但一直舍不得将它送人。每年夏天我都会把它翻出来看看，怀想友人当年穿着它在阳光下如何纤腰款送地袅娜，那百褶裙在步子的挪动中一折一合，手风琴一般悠扬，每一折又都似一则欲说还休的小令，婉约得让人舍不得眨眼。

没料想，沉寂多年后，百褶裙又被人从时光的深井盆装瓢舀地唤醒。在街角的小店邂逅一条牛仔百褶裙，那一瞬间有与失散多年的亲人重逢的悲喜交加。细细看，今天的百褶裙和从前的还是有些不同。虽说英雄不论出身贵贱，但一条妥帖的百褶裙是不会拒绝更好的面料和工艺的，在随意、动人的褶子里，精致的感觉不落痕迹地融于百褶裙的俏皮。

然而，簇新的是时光，旧了的是心情。新的百褶裙更好看了，穿的心境却没那年那么美了。

百褶裙的忽长忽短，褶子的或宽或窄，其实和时尚没有太大关系，不过是女人们给自己单调的生活增加一点涟漪，给自己一点珍爱而已，平滞的日子就在这不断地往衣橱里挂新裙的努力中雀跃前行。

女人们在百褶裙的古典里微微荡漾了自己私藏的小风情，虽然其实并没有几个看见的人会细心体味一条裙子的细节，但这又有什么关系呢？只要女人们自己快乐。

而且，女人的快乐千折百折地隐约乍现，世界的美丽也会款款而来。

香炉

多少悲欣往事,被岁月的大雪覆盖,在这把铜香炉的绿锈里隐姓埋名下雨天，允许自己做点闲事。

拿出心爱的铜香炉，以柔软的细麻布拭去浮尘，放入两片从寺庙里拿来的檀香木片。当烟袅袅起来，似乎空气中的褶皱都被一一熨平了，飞舞的尘埃也安静地伏下身来，缥缈的香席地而坐。香炉就如另一度空间，缓释出巨大的安静的力量。屋内没有一根琴弦，耳边却似乎听到隐约琴音。

香炉原是个暖炉，原本有个精美的网格状铜盖子，小时候不懂珍惜，摔坏了，前几年我就依着记忆中的样子画了草图，找铜匠配了个相似的，并将这蓄炭的暖炉做了焚香的香炉，平时都收起来舍不得用。香炉并不名贵，但有点老了，从小就跟着我，我妈妈用过，我奶奶用过，之前也应该有人用过。

奶奶曾说这铜暖炉从前家里原有大大小小整套的，最大的足有一米直径，平时放在八仙桌下，全家都可以取暖，最小的可纳入袖中随身带着。后来，中式老宅子没了，一房子的家具没了，人也散了，其他那些与精致生活相关的物件都不知所终了。一直记得奶奶边给我的暖炉夹炭，边感慨"好像还都在眼前，却已经都过去了，一辈子好像比一场梦还短啊，能留下来的也就是这个暖炉的这一点暖了……"那时我还小，不懂奶奶为什么笑笑地说着话，眼里却有泪光。后来懂了，奶奶已不在了。我能为她做的，就是好好守住这点暖。

香炉上錾刻着花纹，好像有庭院、古人、树木、长廊等，不知道定格的是谁家的生活，看着像前生前世生活过的。许是摩挲的机会少了，那画面已被铜锈藏起。我曾想用极细的砂皮纸把它打磨下，让花纹重新活出来，但一个做收藏的朋友说那相当于光阴的包浆，是岁月的沧桑证明，人家想刻意做旧都做不上去，绝对不可以去掉，说得我不敢下手了，不是怕香炉贬值，是怕惊扰了曾经用它取暖过的亲人留下的痕迹。

谁曾在这香炉边做过盘扣绣过嫁衣？谁曾手提这香炉在除夕渐近的日子一次次到路口里等

待亲人归来的消息？谁曾在这香炉边红袖添香？谁曾用这香炉温暖了那些苍凉孤寂？

多少悲欣往事，被岁月的大雪覆盖，在这把铜香炉的绿锈里隐姓埋名。

奶奶，好久不见。

高凳上的蓝雪花

蓝雪花是憧憬,高木凳是台阶。让憧憬从云上下来,让生活去高处看看坐在高凳上的蓝雪花,看见的春天特别绿,看见的夏天特别蓝。

高凳是我爸很多年前亲手用松木做的,有三个。

因为是高个家族,家里所有长腿的家具都比村里别家的长得高,连扫把、晾衣竿都长得很费腿,凳子就更无例外了。

新做好的松木长腿高凳白白净净的,清秀俊朗,还怀揣着山林里的馨香,美好得好像它一不小心忍不住就会出声吹口哨似的,怎么都不舍得往上面搁东西。

为了显摆父亲自学成才的木工手艺,为了不暴殄天物,我们就先将新高凳排排放在门口廊檐下,风看得见,雨看得见,阳光和月亮也看得见,走过路过的人自然也看得见。高兴不高兴的,我和哥哥妹妹就坐在高凳上面吹风。因为是亲爹"量腿打造"的，我们坐在上面是腿正好可以自由伸展着晃悠晃悠，然后幻想一下自己被一棵松树嫁接在半山腰的惬意感觉。偶有个子不高的小伙伴来串门，获邀爬上高凳就座，却是有高处不胜欢的惊喜，好像他们那刻看见的我家院子是另一个新的院子，看着他们有如小麻雀第一次蹲在电线上似的好奇欣然，心里有一个与众不同的爹的小得意啊，在身上的每一根骨头里袅娜。这样家具当玩具的快乐时光可以延续大半年，直到板凳由米白转土黄，直到新的好玩的出现，才让它回归家具的本质。于是，小竹匾在上面晒豆子，小竹篮在上面晾笋干，妈妈在上面搁针线笸、布鞋……

直到有一天我领回了蓝雪花。蓝雪花是我回家时经过一个茶山上的小花铺领回去的。看见它们的那一刻，夕阳正好铺满缓缓上行的山坡，九月的和风将炊烟吹得淡淡的，丝丝缕缕地系在山的腰上，似乎是给远方想家的人留的念想。而一棵棵盆栽的蓝雪花，就在石砌的阶梯上恣意绽放着，将九月的黄昏浸染得蓝一行紫一行的，每一条渐斜的光线都微醺动人。

很想把那些蓝雪花都带回家,可惜车上装不下,只能选确认了眼神的三棵。因为那个花铺开在斜坡上,我理所当然地认定蓝雪花是喜欢住在高处的。我没办法把家搬到哪个山坡上,但我有三把长腿高凳啊!于是它们成了蓝雪花的云梯、阁楼和小山坡。

每次回家,我都要先去看看高凳上的蓝雪花。每一次看见,都由衷地觉得没有比高凳更适合蓝雪花的了。无论是月光下还是丽日里,蓝雪花自得地蓝紫着,微仰着纤细高傲的花颈,不染一粒尘埃、一览众草地摇曳着,似乎这人间都被它美弯了腰。

蓝雪花是梦,高木凳是梯子。让梦境从梯子下来,让向往缘梯而上。

蓝雪花是憧憬,高木凳是台阶。让憧憬从云上下来,让生活去高处看看。

谷仓

谷仓是一只听秋天说话的耳朵

秋天，谷仓多么高兴。

每天都有意外的惊喜来敲门。去年留守的一颗谷粒，很羡慕新邻居身上稻秆和泥土的气息，还有它们黄澄澄的新衣。趁着它们睡着时，它伸手摸了摸，使劲擤了擤鼻子。

谷仓是一只听秋天说话的耳朵。那一年中对自然的承诺，都在秋天里兑现，到了谷仓里，就都是静静的喜悦了。

谷仓的旁边，来来去去的是谷箩、箩扣、麻袋，它们都被一根扁担招呼着，大鸟似的停在农人的肩上，扑棱棱地奔向谷仓。它们飞过的田野，叫丰收。

谷仓的上面，搁着笠帽和蓑衣。它们在谷仓上休息，说着多年前的杏花和春雨，眉眼间尽是细数珠玑的感激。

我们在谷仓边生活，它是我们不肯送人的宝贝。我们和谷仓相互喂养、相濡以沫。它不精致,我们也不。我们可以大声说话,而不怕把对方吓着。

当天黑下来,窗子和门都去了梦里,一个更大的不怕黑的谷仓,把我们都拥进怀里,热热的,紧了一紧。

【秋】

白露

霜降

下一站是

炉火的黄昏

柿子点灯

菊花上轿

第四章 木梯子上的诗人

燕子妹妹

飞得再远的燕子,也会年年归来,那一袭花衣常在歌里穿起

"小燕子，穿花衣……"

妹妹小名燕子，我们穿着一样的花衣，在年年重来的春天里随风而长。

妹妹出生时，我四岁。小小年纪，我就成了妹妹的全职保姆。妈妈出工后，妹妹就归我这闲散劳力糊弄了。我按捺不住玩性，就用一根长背带把妹妹绑在背上，满村去串门串户地玩，走累了，很想坐下歇歇，但一坐下妹妹就哭，而且背着人也不便于就座。实在撑不住了，就以背抵墙靠一会儿，分散一下背上的重量，稍稍喘口大气。那时，我的背是妹妹行走的摇篮，享受着妹妹的甜睡、眼泪和画地图的热感。

我小时人很瘦，人小身轻，常常承受不了妹妹的白白胖胖。常一个绊脚就跌倒在地，好半天爬不起来，妹妹哭，我也哭。没人相助时，只能在地上翻个身，俯趴着再手脚相撑着慢慢站起身来，弄得一身泥。妹妹哭是因为受了惊吓，我哭是因为心疼妹妹，怕把她摔疼。那年纪其实也很需要有人宠爱，可已学会自省和呵护。

妹妹会走路会说话了。有时妈妈上山去打柴，就给妹妹冲一杯糖水（权作奢侈的零食），让我在家守着妹妹和妹妹的糖水。那杯糖水对童年的我的诱惑力胜过现今世间一切物质，我会忍不住地哄着妹妹让我喝一小口。不敢大喝，一杯糖水是经不住几口喝的。而当糖水终于喝完，天也黑了，妈妈却还没回来，妹妹便识破阴谋般痛哭。我就只好又背又抱地领着妹妹去山上找妈妈。山上很静，风吹过灌木发出怪异的声响。我们走到半山还不见人影又赶紧下山往家赶。我背起妹妹边跌跌撞撞地小跑，边和妹妹大声说话，以驱除心底的恐惧。这时的妹妹也不敢哭了，眼泪汪汪的，双手命根般搂紧我的脖子。一双大眼睛灯似的照着四周黑黑的松林，又不时地看看我。一种类似母性的情愫在我小小的心里涌起。当我涨红着脸把妹妹带回家时，常常是细辫子散了，手臂也拉出口子了。脚上也摔得青青紫紫了，但并不觉得委屈。我和妹妹的感情就在这样的惊吓和相依中厚重起来。

转眼我和妹妹都已长大成人，总有一天唇齿相依的姐妹将各入夫门。手挽手在街上疯闹、为一件伤心事相对泪眼、为一件心爱的衣服争夺穿着权的故意怄气，都将成为怀想中的奢侈。父母兄妹全家共享完整天伦之乐的美好时光屈指可数，很快会逃去无踪。身为女儿和生女儿的人似乎一生就是伤感的旅行，注定要被一种亲情幸福地伤害。

但是，就算我们相隔天涯我们也永不会陌生、不会相忘，没有一种感情能浓过我们血脉里流着的同一种血缘之情。

飞得再远的燕子，也会年年归来，那一袭花衣常在歌里穿起。燕子，在爱和被爱中，我们走过一生。

心上弦

——

每个人心里都有一张养心的古琴,虽然它换不来一颗米粒,但无论我们遭逢怎样的人生,都可以此弦续命村东头的缓坡上曾经有一座学校，学校里有一张古琴。

琴的主人是半白了头发却依然很好看的林老师。她从外乡来，听人说那古琴是她故去的男人留给她的。

小学校放假的日子，就可以听见林老师弹琴。那琴声被风从坡上递来，被风剪得一小片一小片的，像突然飘来的雪花，有隐约的霜意，多听一会儿心会钝钝的，说不出为啥地难过起来。打猪草的小孩子们常停了玩闹，呆听天雷似的愣一会儿，嘟囔着说她男人给她留啥不好呢，哪怕是留床铺盖也可以添个暖，哪怕留只瓮也可以腌个咸菜，就是留根灯绳也可以添个亮啊，留个啥用都没有的琴，就是劈成柴也煮不熟一顿饭啊，她男人可真是个呆子。

可是林老师却很珍爱那琴，有事没事就把琴从墙上取下来，也就可怜的七根弦，明明看着比小村任何人家的灶台都干净了，还小心翼翼地拿个手绢抹啊抹半天的，就是不弹也拨下弦，那神情，享受得像对着了不得的无价之宝。

有一次我家的小羊大概是听懂了林老师的琴意，径自跑到学校去了，我得以借着牵羊的机会耳闻目睹了林老师弹琴，并接受了人生第一次古琴扫盲，知道了古琴也可叫七弦琴，传说中伏羲削桐为琴，初为宫、商、角、徵、羽五弦，后来周文王、周武王又各加了一弦，称为文弦、武弦，终成七弦琴。也知道了，古琴要经常弹拨，才会一直那么好听。如同房子，要有人在里面走动，才不会老。

记得当时我问林老师，一个人觉不觉得冷清，她微笑着抬眼看了会儿远山，然后低头将弦从左抚到右，说，"谁活着不是冷清的呢，还好他留给我琴了，弹弹琴，就好了"。分明有一滴眼泪，无声地落在琴上。

直到很多年之后，我和全村老少披麻戴孝将林老师和她的古琴送上山时，才懂得了林老师说的话。在她心里，古琴是她唯一的念想，这世间唯有这七根弦，可以带她穿越阴阳阻隔与爱人魂魄相拥。那琴，就是她活下去的一口气。

其实每个人心里都有一张养心的古琴，虽然它换不来一颗米粒，但无论我们遭逢怎样的人生，都可以此弦续命。

祖母绿

人拦不住时间,也拒绝不了苦难,所能做的,就是守住自己的善和德,那是一个人骨子里的金子多年前，祖母留给我一个蓝花瓶。

器形若酒坛，曲线极曼妙，釉质莹润丰厚，颜色那叫一个蓝哪。

说深蓝还不够，得说深蓝深蓝的蓝才勉强算到位。参照祖母绿的名字，我管这蓝叫祖母蓝。

祖母蓝，我命名的蓝。蓝花瓶通体釉色蓝得沧桑久远，如我对祖母的想念幽深而绵绵不绝。

祖母很美，反正是我所见过的祖母里最美的，七十多岁时，依然肤如凝脂，一笑得猛了，两颊绯红，忙侧过脸掩饰，好古典的样子。我见过祖母十八岁时穿着旗袍和三个表姐妹的合影，个个都是老上海广告画上的美女范儿，当然，我私心里还是觉得祖母更动人些。

很美的祖母有一个很美的名字，叫"怀玉"，怀中之玉。如果人的名字预示着一个人的命运，那么，祖母该是过着锦衣玉食备受呵护的日子。祖母说，三四岁时她的姥姥问"怀玉你说你的命好不好"，她奶声奶气却毫不含糊地回答"苦"，这让原本想讨个吉利口彩的姥姥一直非常后悔，怕一语成谶，给外孙女的命运带来不好的暗示。

事实上，祖母的前半生的确过得颠沛流离，受尽苦难，幼年失父，青年失母，中年失夫，历经动乱离散，吃尽人生苦头。她有五子一女需要养活，没有追随祖父而去的资格和权利，她以乡村教师的身份坚强地走到了四世同堂的一天，并过上了好日子。

祖母的一生，经历过恐怖的战争，享受过美好爱情，看见过繁华，触摸过饥寒。她用一生，为婆家留下了满堂子孙，但只在婆家留存了一个并不值钱的蓝花瓶。这蓝花瓶对她来说又是无价之宝，因为唯有这蓝花瓶，见证了她的花样年华，盛过她日复一日、年复一年的无奈和憧憬。

祖母总是微笑着，我从未见她在人前为日子

的艰辛、生活的不公、世人的欺凌哭过,她在村人的眼里,始终是个温婉的女先生,再残酷的人生,也没有将她摧残成一个泼妇或怨妇。如同祖母蓝的花瓶,从书案边的文房物件,到柴灶边的干菜罐,到猪圈旁的谷糠樽,再到如今成为我书房的珍藏,岁月从未湮没它幽蓝魅惑的釉色,一块软布就令它蜕去经年的尘垢,端雅而惊艳地亮相,就连瓶口上被柴爿砸出的豁口,也让人浑然不觉是个缺憾,而是像个自然形成的历史印鉴或文化符号,透着岁月深情眷顾的痕迹。祖母说,人拦不住时间,也拒绝不了苦难,所能做的,就是守住自己的善和德,那是一个人骨子里的金子。

祖母离去已整整十二年了,我可真想她啊!所谓天人永隔,在我的理解无关生死,只是祖母在天上俯身看我,我在地上仰头看她,我们彼此看不见,但都可以感知彼此。可惜不能给天上寄信,也不能给天上打电话,那么久不见,我们有多少话要说啊。

而这祖母蓝花瓶,是可以随时伸手触摸的怀

念，也是会随时倾听的惦记，无论岁月多冷，它都有余温。它会一直和我在一起。

喜欢祖母蓝花瓶，喜欢它曾被祖母喜欢过，喜欢它由祖母亲手交给我。

喜欢祖母蓝花瓶，喜欢它空空的里面住着很长的岁月，喜欢它收藏起了一个家族的起起落落。

喜欢祖母蓝花瓶，喜欢它那么美那么美那么美……

【白】

山间微笑的百合

柴灰擦过的白瓷瓶

还有牛背上早起的白雾

一张世上最白的名片

像还没开始就结束的爱

想起鸡叫

在树叶和月亮相拥都听得真切的静夜里,小寐或安睡,都是农人享用不尽的补药想起了那些鸡叫起床的日子。

那时，我们家养了一大窝鸡，就算每只鸡叫一声，我就得听好一会儿，听完了自家的还有阿红家的、阿敏家的、旭萍家的，要是怕鸡们不高兴都听个遍啊，长一百个耳朵都不够用。

爸爸常对我们说"早起抵半工"，他也总是"闻鸡起舞"，只不过舞的不是武侠书中鱼肠剑什么的，而是劈柴的斧头或是翻地的耙和锄，我们也只好一只手和瞌睡拉拉扯扯着，一只手摸索着穿衣着袜。一起醒来的还有拴羊的麻绳、灶膛里的火和村庄上面变红变亮的天空。我们多困哪，不过在推开门的一刹那，清冷的山野之气就会在脑子里猛地翻一斤斗。人，就醒了。

如果是冬天，我们就得早点出门去上学。逢着冰冻，路两边的白地上都长了寸半长的密密的冰渣子，我们管它们叫"狗牙齿"（也不知是哪家的狗掉的，反正村里也没见哪只狗满地找牙），鞋子落上去"咯吱咯吱"地响，脚感极好。只是中午放学回家时，"狗牙齿"化成了水，冻土被阳光温柔成了沼泽，等待我们的布鞋左一脚右一脚地沦陷。我们就拔萝卜似的拔着自己的两只鞋，互相救援着回家，赶着去吃那顿并不丰盛却有滋有味的午餐。那时候的鸡们已在向阳的草堆上懒洋洋地打盹或迫使小虫成为它们的美餐了。

那时的一天就是这样从鸡叫声里起身，在鸡们归笼、夕阳西下的余晖里慢慢阖上了眼。在树叶和月亮相拥都听得真切的静夜里小寐或安睡，都是农人享用不尽的补药。

而现在，我只能在夜深无人的街道上，以梦想茂盛晚霞般唱过去的紫云英，再怀想三两声鸡叫，补一补我被齿轮打磨已久的耳朵和一片不肯向尘嚣妥协的心田。

【花香】

四月五日

花香们乘车坐轿地经过

是去开大会吗

怎么没有通知我呢

初一

很香很新的日子,在枕下摸到了昨晚的压岁钱和一年中最安静的时光点灯，开门。

放一挂响鞭，叫醒大年初一。

看不见的远处，春风已穿鞋上路。

　　早起的天光，一笔一画地描出了小村的模样，如仙境缥缈，描出了青瓦的屋顶，晨雾莹白如罗帐轻笼；描出了井口的圆镜，似乎探头可唤出正梳妆的牡丹芍药；描出了窗台上刚见了缺的瓷碗，送来了岁岁平安。一片一片的亮，如玉，整齐地在门前码开，一层搁一层蜜甜的蜡梅香。

　　很香很新的日子，在枕下摸到了昨晚的压岁钱和一年中最安静的时光。

　　今天，早起做饭的是家里的男人，女人们理直气壮地在暄暖的被窝里睡姿肆意地享受着懒觉，耳朵却支棱着，搜索着男人在厨房里捯饬的动静。笨手笨脚的男人难免弄出了不该有的声音，女人就忍不住得意地数落几句，指点一二，男人难得地老实听话，自嘲地嘿嘿笑着。

灶火红，碗碟响，麻芯汤圆糖年糕，简单传统的早点，端上来一团和气，和一年的好光景。

按老规矩，家里忙乎了一年的扫把、簸箕今天都放假，还有木盆、搓衣板，还有锄头等农具家什，都不许劳动。不许用扫把扫地，不许用簸箕运柴爿，不许用米箩淘米……就是说家里的物件能少动就少动，能不动就不动，要让它们歇上一天，放下一年积攒的累，破一破一年从头忙到尾的辛苦宿命。

起床了，新衣新帽新鞋新袜伺候着。女人妆台上的胭脂鹅蛋粉，男人几案上滚沸的茶，小孩儿的零食，都好脾气地等着。今天哪，女人可以想怎么美就怎么美，小孩可以想怎么吃就怎么吃，而一家之主的男人，就只能对每一个家人笑着宠着。

然后，收拾停当，从头到脚簇簇新的一家人欢天喜地去孩子的外婆家拜年，一手拎着拜年的礼包，一手拎着雀跃的心情。

而那头，外婆早已准备了炒花生、冻米糖、番薯干，舅舅几天前就做好了一年才吃一回的压板羊肉冻，舅妈的拿手菜摆满了一桌，一年中除了妈妈的饭菜最好吃的一桌大餐，已翘首以待。

农历里的新年，新得没有一丝褶子的缎子一样的好日子，就这样，在远山上积雪尚存的早晨，在鞭炮屑一地的早晨，温暖地开始了。

一切都是新的，一切都来得及，多好。

补碗补心补落花

我们补不胜补的一生啊,要历经多少沧桑多少精彩,才能拥有这么多繁复而惊艳的补丁补碗补心补落花。

春天补碗勤，冬天补锅忙。别的日子留着补心。

不知道是不是春天时一年的日子刚打开封面，人们都憧憬着好日子，心情比较欢快，一激动就容易打破碗。而冬天时人们看见了日子的封底，没了念想，破罐破摔的心比较迫切，所以打破的锅就比较多。于是，补锅补碗的修补师傅隆重出场了。

女娲似的修补师傅们一个村庄一个村庄地巡游，把裂了的、碎了的补得天衣无缝，或者把接缝隆重地补成了锦上添花。当然，这女娲都是大老爷们儿，手却巧过了在布上绣花的姑娘媳妇儿，他们是在瓷片、铁片上绣花。

一个村有一个村的专属修补师傅，他要是补不动了就轮到他的儿子、女婿或徒弟，跟世袭领地似的。即便是相邻村的修补师傅也几乎不串场，串了也没用，没人给活啊。村民们约定俗成地只认自己"御用"的修补师傅，无论啥时打裂了锅啊碗啊盆啊，都会收拾在厢房里，等待熟稔的那个修补师傅来拾掇。要是哪天修补师傅来了，家里居然没准备好几个要补的物件，那简直是件太辜负人、太不仗义、太丢祖宗脸的一件见不得人的大事了，怎么着也要寻个钢精锅换个底啊，哪怕借个破搪瓷脸盆补个漏啊，这样心里才过得去，才显得心里存了惦记。

眼见着一个碎成了五六片的青瓷碗，被百般不舍的李家婆婆用一块雪青的大手帕包着颤颤巍巍地交到了修补师傅手中，说"这是我结婚时喜宴上用的碗，只剩这一个了……"师傅用淡淡的眼神轻轻捎带了一眼，低头收下了。不知他用了什么魔法，等李家婆婆再见到这个碗时，碗不仅完整了，而且那些接缝被师傅巧妙地修补出了一棵金色枝丫的树。原本小家碧玉的普通青瓷碗，突然有了大家闺秀的官窑风范，那金色线条的分割似乎是时光的惊艳嬗变，美得不可或缺。李家婆婆小心翼翼地捧起碗，好半天不敢掖进怀里，端详了好一会儿，才确认了碗上的往日痕迹。脸上那个失而复得的惊喜啊，几乎瞬间盛满了手中的碗，又顺着碗沿漫溢。那师傅补好的，还有李家婆婆心里的好时光吧。

是不是其实每个人都很想要那么一个人，帮着补碗补锅补衣，补心补念补情，再帮着补初一补骊歌补落花。

我们补不胜补的一生啊，要历经多少沧桑多少精彩，才能拥有这么多繁复而惊艳的补丁。

且补。且歌。且行。

木梯子上的诗人

那一夜的月亮,成了爸爸的浪漫徽章

小村的桂花们都在天黑前盛妆抵达。

香气如云,草木摇曳,月光荡漾。

一阵薄荷一样的晚风吹过来,花们袖口微凉,又添一重香。

家家都点着暖暖的灯。家家门口都是微醺的围桌而坐的赏月人。

爸妈说,年年有中秋,难得今年是完美的天晴风和花好月圆。

花好月圆,在父母眼里其实不过是普通的好,完美的是他们心心念念的人都在眼前。过节,过的是酒暖饭香全家团团而坐、齐齐向父母举杯撒娇祝福的那一刻的喧哗吵闹。

月亮下清供的月饼,被妈妈认真地切成了花瓣一般的小块,大家配着桂花茶,弥足珍贵似的一口一口抿下,重油啊高糖啊都被豁免和原谅了。爸妈的高兴,让所有的卡路里都懂得了共情,都善解人意地与我们友好相处。爸妈的好饭好菜,都是补心补颜不补吨位的听话的美食。

眼看着,月上东山,清净光明,美得人心里发慌。我们一边感叹没有一张照片能拍出我们眼见的月亮百分之一的美,一边还是忙得不亦乐乎,使尽浑身解数,在爸妈精心打理的院子里,在和我们年纪相仿的树下,找着自己觉得最好的角度,拍得不依不饶。

一转头,突然看见一个好像是漫画里的画面。

一个穿着牛仔裤、白衬衣的人,搬个木梯子,架在院子中间,然后站上去,举高手机开始拍月亮。从容自在,气定神闲,目中无人。那架势,好像这样的事他已干了很多年……

不敢想象,这么搬个梯子拍月亮的浪漫得离谱的事,居然是我年方七十余的"资深少年"老爸干的。

看着他横拍竖拍得意的背影,不得不承认,好像的确也只有我爸最适合理直气壮地做这样的事,在自己的院子里,搬自己的木梯子,拍家养的月亮,绝配。

那一夜的木梯子,成了我们大家的空中花园。

那一夜的月亮,成了爸爸的浪漫徽章。

那一夜的爸爸,成了木梯子上的诗人。

后来一直都是。

那个手可种玉摘星的人

　　我的文字里潜伏的都是小村的恬美生活细节,没有多少盛大的惊喜和锦绣故事,但听得见草木的私语,看得见锄头的心事很多时候，我觉得我爸是个真正的诗人。

还有很多时候，我觉得我爸如果不做农民，会是个非常好的建筑设计师、园艺师、木艺师，甚至艺术家，从颜值到才华，他都是属于"风必摧之"的那种高度，不知道是不是老天爷给了他天赋后又反悔了，就假装忘记了，没有赏他应该吃的那碗饭。

也许是一种宿命，明明是书香门第的太爷爷却给孙子们取名都带一个农字，爸爸的名字据说出处是碧玉出蓝田，也许是希望孙子成为一个蓝田种玉人，所以取名玉农，寓意深远。他一定没想到，爸爸十几岁时跟着下乡做扫盲班老师的奶奶到了农村，真的开始了他从一个城里孩子变成一个农民的跌宕起伏的缤纷人生，从此都和土地、庄稼休戚与共，与花草树木为邻，且历尽艰辛。好在凭着天赋和后天奋斗，爸爸不仅改变了我们家三间茅草屋的清贫状况，还以十五年村支书的担当和努力，将我们村建成了远近闻名的民风淳朴、环境幽美、生活富足的美丽乡村，成了一个造福一方的实至名归的种玉人。

我的朋友都知道,我有且仅有一个偶像,就是我爸。虽然我们俩偶尔也会些许不对付,那是基因使然,不能当真。一般气过他后我都会很快找个台阶挽着他胳膊"苦口女儿心"地做他思想工作,说谁的小棉袄当然谁头疼啊,而且也退不了货了,你还是从了吧,再说生活如此寡淡,有这么个别致有趣的孩子生生气斗斗嘴,多有意思呀,多好玩啊,毕竟你这么帅也不好意思"恃帅凌弱"不是……他也试图反抗,但几乎每一次都未成功。但这些都不影响我爱他,努力让他和我妈高兴,是我这辈子最愿意做的事。

记得有个周末,跟我爸在院子里学骑独轮平衡车。曾经号称校园运动健将的我如婴儿蹒跚学步,笨拙得险象百出,终于被扶着靠墙歇息,七十多岁依然丰神俊朗的教练老爹张开双手,在一个轮子上恣意放飞,像一只大鸟在春日暖阳下翩翩掠过地上的重重花影,画面美好得如慢镜头缓缓推移,似乎还自带着听着就想一起飞的背景音乐……

还有一个周末,陪我爸摘去年留在树上的柚子。家里的金橘、石榴、柿子、柚子等果实基本上都是留在树上好看的,不舍得摘,最后都成全了全村的小鸟。柚子皮太厚了,是唯一小鸟下不了嘴的,所以一直存在树上当灯了。小鸟倒也是懂事的小鸟,吃了我家的水果嘴甜,每天排着队到门口上演鸟声阿卡贝拉,好听得好像家门口的空气都镶金包银了,好像院子里的每一根枝条上都挂满了红玛瑙、祖母绿、蓝宝石、粉晶、碧玺……那些小鸟就算我们在它们眼前忙活,它们也只是换了棵树,不惊不惧,鸟声纹丝不乱,专注度极高。于是,我们就和鸟们各占一树互不打扰地忙着各自的事。不好意思的是,居然是我腿抖抖地扶着木梯子,老爸稳稳地站在梯子顶端递下几十个黄澄澄清香扑鼻的果实,这就是四体不勤啥活都干不利索的我的不堪形象,比不过小鸟的"小村好声音",更比不上老爹的"才华盖村"。那些下了树的柚子有几个进了书房,其余的都被爸爸大手一挥安顿在了柚子树下，我问就这样搁在草地上是不是太可惜了，他说"都在自己家，在树上好看，在地上好看，一样好看，不可惜"，我又露怯了……

我就在这样一个个被虐的周末里艰难而茁壮地成长起来，成为一个千锤百炼的人，一个终于懂得尊重天意顺应自然努力生活的人。私心里，我其实特别向往成为一个像我爸那样的人，与生俱来地善于在生活的细节中发现美，无师自通地擅长在日常的环境里创造美，心领神会地坦然享受美，就是种个菜也讲究个美学，菜畦都注重黄金分割和和谐配色，黄瓜架子都得是哥特式；活得有趣，活得精彩，活得豁达；什么都会，不会的学了很快会。我堂姐夫有一句总结我爸的很经典的话"不懂的上网查，查不懂的问二叔"，这话说得有点"孝顺"色彩，但我爸在我们家族小辈心里几乎就是这么无所不懂的神一样的存在，他是我们家族共同的偶像。

因为我爸，我有了一个绿藤萦绕的绿房子，

院子里有了四季不停开的花，门口有了爸爸亲手修剪的艺术品一样的草地，有了清浅的小池塘，有了浓墨重彩的荷花池，有了一隅清欢的芍药角，有了和我一般年龄的蜡梅、含笑、海棠、玉兰，有了观赏意义大于入口价值的樱桃、李子、杨梅、石榴、橘子，还有诗行一样、音阶一般的菜园……他是我们的柴米油盐，他也是我们的琴棋书画。

终于，有幸，我也女承父业成了在一张白纸上耕作的农民，一个种字的农民。受我的偶像影响，我的文字语境都是小村，我的文字里潜伏的都是小村的恬美生活细节，没有多少盛大的惊喜和锦绣故事，但听得见草木的私语，看得见锄头的心事，闻得到枝条里潜伏的果香花香，和地下奔跑的麦香……

就这样，跟着我爸，在小村，在地里，在心里，种玉摘星。

清明

在岁月无常面前,谁都是手无寸铁

春深念重。

这一年无处安放的想念,终于随梨花纷谢……

清明,都要赶回老家,上山去看看逝去亲人的老房。帮他们洒扫庭院,把疯长了一年的荒草拔掉,房顶添上一抔新土,挂上彩色的新纸幡,供上水果、米粿、酒菜,点上蜡烛,上三炷香。当香烟袅袅扶摇直上时,犹如拨通了天上的电话……

感觉他们都在,都听得见。斟酒三巡间,把这一年存在心里的话都说给他们听,说给经过的风听,说给山涧边唱歌的鸟听,说给歇在灌木上的雨纷纷听……希望听见的都能朝朝暮暮相互照应。

爷爷曾是军人,喜欢开车,外公是远近闻名的能人,喜欢打猎,奶奶爱看书绣花,外婆爱做饭裁衣,他们都是有情趣、有情怀、有能力的人,又都有着超出大多数人的颜值,本该各自都有精彩纷呈的一辈子，可是造化弄人，他们四个本都不是这里土生土长的人，但却都飘蓬在了这里。他们在非常岁月里遇见，在上无片瓦的饥馑年代相互帮衬扶持，成为常来常往的睦邻。后来外公和爷爷相继早逝，务农的外婆有三个孩子，教书的奶奶有六个孩子，她们情同姐妹相互照应着拉扯儿女长大，再后来成了儿女亲家，然后有了儿孙。再漫长坎坷的一代人的一辈子，也可以这么几行字的人生梗概覆盖。他们一言难尽的一辈子，也很难有人能了解并能说给我们听了。

时间犹如一阵风，吹落了树上的花朵，也会吹走地上的花瓣，最后留下一小块干干净净的白地，好像从来没有花开花落过。

小时不懂生死，常想象，人不在了大约就是搬去了另外一个地方住，只是不能回来而已。大了懂了，知道即便真的有那个地方可搬，如果不能回来再见就相当于没有了，但依然愿意相信，只要自己记得，不在心里放手，就能在自己的生命里把逝去的人生留住。

每次清明节上山来，我都特别愿意相信，爷爷奶奶外公外婆在另一个世界里依然隔篱而居，一起过着他们活着时没有过上的耕读人家的好生活。

转身将下山时，在树的缝隙里看见山下的村庄，花树掩映的房子，轻描淡写的炊烟，银碗盛玉般翠色欲滴的池塘，和一小块一小块的葱绿菜地、稻田。山上山下，两个生死永隔的遥远不可及的世界，咫尺相望。

祭祀只是形式，在乎的是记得。一个称呼，一个名字，在心里时时盘念，盘出了包浆，念成了琥珀，在的和走的就都不那么荒凉了……

在岁月无常面前，谁都是手无寸铁。难过了，高兴了，都是值得珍惜的日子。

喝了这杯明前茶，接着就要喝"雨前"了。草木又要小跑着浅绿向着深绿去了……

这样的日子，更要想些不悲伤的、美好的事，才有勇气前行。

或许是杜鹃花懂得此时人心的荒芜，总是刚刚好开红了半座山。

惊心的红绿，如生之欢愉，好像可以盐一层红一层或糖一层绿一层地腌制，在将来每一个不是春天的日子，以水为引，唤回一碗微澜春欢。

新出的细笋，雨后刚长的蕨菜，做乌米饭的染菝叶，可以装一大长环篮的野马兰头，都在路边等着，作为一年一度的春山回礼。

清明，也就是正视悲欢，直面生死，让人怀念，教人珍惜。一辈子很快，像闪电。

趁着眼前还有想的事和念的人……

趁着春天还在……

趁着还来得及……

【草本的光芒】

纸灯笼的光

萤火虫的亮

心底的善

最自然地照亮

最幸福地抵达

新月如弦

并不是多么惊心动魄的时光才值得记住,安宁静谧的此刻,父母在旁,就已是值得铭刻和泼天沐地的幸福好像很久没有了,和爸妈家人一起在院子里,看新月如弦镶在晚霞上……

清凉的风从山谷深处的白龙寺那边吹过来,福泽一般,给小村无言的安宁和隐秘的喜悦……

两只粉色的云的凤凰,相随着,颜色渐深地轻掠过家的西面。只一会儿,就飞过去了,虽然没来得及相互提醒,我们还是都看见了,这天赐神谕般的几秒……

我把妈妈的手放在手心里,说妈妈你记得吗,小的时候,住着草房子,你和爸爸忙好了田里的活,也是这样坐在门口,陪着我们兄妹三个看着火烧云,看着太阳落山,看着月亮起来,看着茶树蓬里萤火虫拎着小灯一闪一闪……那时候我们虽然很穷,但你和爸爸在家周围给我们种了好多果树,夏天有吃不完的桃子李子梨,秋天有柿子橘子柚子,那样的日子多好啊,像过不完似的,可惜那时不懂……

眼里突然有雾起来……

妈妈侧头看了我一眼，握紧了我的手。

我们就这样坐着，一起看着夜晚收回了所有的光线，就留下了月亮，镶在墨蓝的天幕。

我不敢动，怕妈妈松手。好想把这一刻揿住，让这黄昏走得慢一些，再慢一些……

时光如瓦背落的新雪，亦如一树花谢。总是以漫长的一瞬的温暖，抵御短暂的一世的苍凉。谁不是呢？

并不是多么惊心动魄的时光才值得记住，安宁静谧的此刻，父母在旁，就已是值得铭刻和泼天沐地的幸福了……

如果爱一个人，多陪在那人身旁，使劲对那人好。

如果恨一个人，秒速把那人遗忘，如同从来没有见过。

不要把时间浪费在不值得的人和事上。

感恩此刻。

珍惜此刻。

【天书】

天多高

雨多深

池鱼知道

好多天空的事

昨夜它偷看了

天空写给睡莲的信

蛾眉月

时光太无情,总会带走我们舍不得放手的、舍不得失去的,几乎一切那一弯蛾眉月。

奶奶说,她一辈子都记得那晚的蛾眉月。

奶奶说,当时看着只觉得伤心,多年后成了剜心……

奶奶很美,但一生坎坷。亲情、爱情于她都是戛然而止。好在身历时并不知道幸福会那么短暂。如果一切都可以提前预知,并允许自行取舍,我不确定她会不会认领这样的一生。

奶奶读过书,是那个年代难得的知识女性,写得一手好毛笔字。她还会绣花,会做盘扣,会做可以香一年的香囊;会念般若波罗蜜多心经,会唱望穿秋水、何日君再来,但不太会做饭。她和军校毕业的爷爷自由恋爱,历经战乱颠沛流离才终于在一起。后来,奶奶做了乡村女教师,爷爷在杭州城里的一家工厂当司机,驾驶当时杭州城里唯一的进口马自达车。然而，奶奶不到四十岁时爷爷突然离世。她一个人带大了六个孩子。

奶奶的一生经历了许多惊心动魄的事，她却能淡定地当故事讲给我听。开讲前总要叮嘱一句，我以后老了如果不记得了，你一定要帮我记牢哦。爱听故事的我就没心没肺地一个劲地把头点得跟鸡啄米似的。奶奶就笑着开始讲了。印象最深的，就是蛾眉月。

说是因日本鬼子逼近绍兴，奶奶随家人逃难异地，后因一大家子人实在不知能去哪里，就派奶奶去寻找听说可能开拔到某处的部队里的还是恋人的爷爷。启程的那个晚上，奶奶手上抱着好心人送的一串粽子，一个人身无分文地上了一艘小船。她送行的母亲无奈又无助地一直在哭，踮着小脚被家人扶着在岸上跟着船走了很久。

船行了好几里，奶奶仍站在船头一动不动，似乎这样能让早已消失在夜色里的母亲多看她一眼。她说她一辈子都记得，那晚的江上有风，有点凉，天上有一弯细细的清寒的蛾眉月，她当时暗暗发誓，如果能找到想找的人，一定要在下一个蛾眉月的时候回来接母亲。

可是，从此以后，无论什么月亮的晚上，她都再也没能见着母亲。一年后，奶奶辗转从亲友处得知，她走后几个月，由于战乱失联，没有得到她只言片语消息的母亲在忧虑中一病不起、撒手人寰。那个月下相拥、母女泪别的画面，居然就是永诀。

奶奶说，小时候曾因为母亲牙齿早早掉了无法咀嚼东西而许诺过，等她长大有了钱，一定要给母亲炖一大锅不用牙齿就可以喝下去的红烧肉，好遗憾这锅肉最终都没有让母亲吃上。奶奶说更遗憾的是那时候没有照片，母亲的样子她只能一直记在心里，也没法给自己的孩子、孙子看，每一天她都在心里描摹一遍，生怕自己忘记了，母亲就会像从来没在这个世界上出现过一样了无痕迹。

奶奶说，爷爷没了时她很伤心，但伤心得还算理智，因为她想到还有六个孩子等她养大，她得坚强。送爷爷上山后一周，奶奶收到一封信，居然是爷爷生前寄出的，因为是邮资到付，而奶奶又无余钱去清邮资取信，所以耽搁了几天。爷爷在信上写道，自己生病住院了，但其实那不是病，只是饿的。他让奶奶周末去看看他，去时买两块本地的玫瑰腐乳，装在那只家传的很好看的粉色绿釉的盖碗里带给他，并说他想象着即将到来的玫瑰腐乳的美味，甚至觉得生病住院都是一件美妙的事了。信里的爷爷哪怕是在病中，哪怕没有一分钱，依然讲究生活细节，依然保持着他的尊严、审美和趣味。谁能想到，读信的那一刻，爷爷已不在人间，已永远吃不上玫瑰腐乳了。

奶奶压抑的悲伤在那个收到爷爷最后一封信的晚上彻底爆发了，奶奶一边后悔自己没有早一点去借八分钱取信，如果早一点买了玫瑰腐乳给爷爷送去，也许爷爷就不会死了，就算死也了无遗憾，一边想起爷爷和她在一起时的种种好，悲痛欲绝。而那个她抱着信彻夜未眠、几度痛不欲生地出门又回转的夜晚，看见天上也是一弯蛾眉月。

奶奶说这些话时脸上仍有微微的笑意，但眼里的泪光和遗憾，让幼小的我懂得了有些痛是无法安慰无法忘记的，我所能做的，就是倾听，就是告诉自己，一定要努力让奶奶高兴。

时光太无情，总会带走我们舍不得放手的、舍不得失去的，几乎一切。

奶奶走了十七年了。我也长大了。我一直努力不去想那些温暖美好却总让我哭的事。我以为我已学会坚强。

可是，今夜，我看见了蛾眉月。

仿佛一万匹心痛的烈马穿心奔过……

真的，我没有哭，我只是无法呼吸。

开窗见喜

喜鹊的春天来了,我们浩浩荡荡的好时光也来了窗前有棵银杏树。

银杏树上有个大鸟窝。鸟窝里住着一对喜鹊小夫妻。

晨起，一开窗，听到喜鹊欢叫。可惜听不懂鸟语，不知道它们有啥喜事，要那么隆重地昭告天下。双双站在鸟窝沿上，你一句我一句，还情不自禁地相互挨一下脖子、拍一下翅膀，一副琴瑟和鸣的喁喁样子。耳听得三里内的各种小鸟都加入了阿卡贝拉的境界，一派同欢同喜的盛况。我也没来由地跟着高兴起来。

远看喜鹊的家，建在层高超过五十米的银杏树的树梢上，全实木建材，高端低奢巨制，和那些藏在墙角、灌木中、竹林里的不盈一握的经济型鸟窝公寓相比，堪称豪华"宫殿"。有趣的是，好像天下的喜鹊建窝秉承的都是同一张图纸，选址、建材和形制都惊人地相似。只是这鸟窝的工程如此浩大，难以想象就凭着喜鹊夫妻两张鸟嘴一点点辛苦地衔来，得多深的爱和信赖，才能建好这样的一个家……

我和妹妹在窗前感慨许久,才突然想起得给喜鹊夫妇拍个小视频。那俩喜鹊居然就自由撒欢了,一忽儿躲进窝里了,一忽儿飞走了,好像故意和我们表演反偷拍似的。好不容易逮着了双双飞的一小段,虽然远了点,不够清晰,但总算是遂了愿了。两人喜滋滋地看了一遍又一遍。

想起去年春节,也是和妹妹一起,在家里的东窗前被梦境般的红梅飘雪惊艳。一直以为那样可遇不可求的,一起为花草树木万分感动的瞬间是生命里的唯一,没想到又有今年份的感动"开窗见喜"。感恩上天对我们的厚待,感恩生命里总有络绎不绝的惊喜到来。感恩哪怕只是得到了一瓣花瓣和几点雨声的高兴,也有人可以倾诉、愿意分享。感恩年年岁岁花相似,我们依旧都好好地相念相守,依旧一声低唤就有人侧身答应。

开窗见喜。收到了这张"喜帖",好像世间

一切都将回归祥和安宁。松花酿酒、雪水煮茶的往后余生也可以开始慢慢憧憬了。

喜鹊的春天来了,我们浩浩荡荡的好时光也来了。

第五章 像一朵玫瑰那样慢慢地等

像一朵玫瑰那样慢慢地等

历经的沧桑,只适合私下深藏,不宜人前声张玫瑰。

这是玫的名片,珠灰色卡纸上的玫红手写瘦金体。冷艳,魅雅,又透着些家常女子最不喜闻乐见的烟视媚行的德行。

长得晃眼,一般人不敢娶,娶了估计也不容易家养,恐怕得供着。初见玫的女人大都这么说。

极美,极聪慧,极善良,仅此一家别无分店,谁有福娶了都属祖上积善修来的。了解玫的女人几乎都这么说。还说男人们真是眼神不好,居然把这么好的女子错过了。

事实是,长得好看有时还真的未必是件讨喜的事,无论玫怎么努力自许是一朵正在盛开的玫瑰,也终是无奈地沦陷于"剩开"的节点。

玫最要命的是很天真,就是喜欢一个人,完全不懂得要考虑过日子的基本配置,比如要有间放床的卧房和放灶台碗碟的厨房等,爱了就爱了,一头扎下去,不到无法呼吸了绝不抬头,爱得那叫一个痛快彻底。其间谁要不识趣地予以提醒，必碰一鼻子灰，一句"我愿意"，能把人噎出三里地去。但是，爱比天大的玫最不能容忍的正是爱的不纯粹，若发现爱的琼浆兑了水，她从来就是勇敢爱勇敢分，哪怕分完后一个人关起门来哭得地动山摇的。所谓愿赌服输，玫身上有难得的快意恩仇的江湖劲儿。看着痛快，也看着心疼。

玫最可爱的是不恨嫁，不仅不恨，似乎还丰衣足食地蛮享受的。老大不小的了还待字闺中，怎么着也该有点哪怕是假装的慌乱和自惭吧，大小姐她才不呢，每天把自己收拾得眉如青黛、眼如秋水，不慌不忙地晴耕雨读，上着班，写着微博，干着家务，煮着咖啡，贴着面膜，看着书，间或约个小会，看个电影，上个淘宝，日子过得姑且不论惬意与否，苦大仇深是断断看不出来的。用玫的话说就是"在人家还没找到我还没被授权管我饱暖生死之前，我得好好替人家照顾好自己，得美美地让人觉得踏破铁鞋得来终是物有所值,不然人家凭啥对我好啊"，还有"我都已经独坐独酣独卧这样了,还不能对自己好点吗",说得让人不得不承认懂得善待自己也是女人的一大美德。

玫有一恨,恨胖。不是都说要么瘦要么死嘛,玫是恨不得每天拿一体重秤控制自己的体重,增肥数目几乎精确到小数点后第九位。哪天要吃了一顿饱饭,就得打电话给她姐,煞有介事地跟她姐商量着如何乔迁卡路里,美其名曰要把晚上即将抵达的肉肉快递给她姐,求她姐记得到大门口迎一下,免得投递失败又退回去了。

玫还有一怕,怕老。虽然她有逆龄生长的潜质,三十多岁了仍如二十郎当的样子,但在时刻自省自律的高标准严要求的放大镜下,脸上也终究着了些许岁月蜻蜓点水的痕迹,是可忍孰不可忍!

玫说,做女人要低调啊,每天早上,她都摊一台子霜啊乳液啊,像藏金子似的,把那枚叫作时光绣花针留在脸上的针脚密藏起,藏得整张脸上见不到一丝不知趣的细纹，才会欣欣然出门。得多迫切的心情和多专业的努力，才能保住一张缎子般风霜雪打的不老的脸啊。鉴于她的敬业精神，我每次见她，都煞有介事地端详一下她说"嗯，你的金子都藏得很好，挖地三尺也找不到了"，她笑得像个意外得了礼物的小孩，那欢喜的样子任岁月看见了也该不忍心催她老吧。

历经的沧桑，只适合私下深藏，不宜人前声张。素淡一如与世事初次相遇，保持这样的面容和心境，是给自己给未来最好的礼物。

玫喜欢用手机拍各种各样的云，说云有一颗诗意自在的心。每个女人都是云，一朵惊艳的玫瑰云或是一朵恬静的雏菊云，都会被一阵风牵走，只要云想走，谁都留不住。那些还等着没走的，只是因为属于她的那阵风还在赶来的路上。

不是剩女都要有一颗恨嫁的心，恨不得装上火箭追赶婚姻，也可以施施然的，每天摇曳生姿在自己的期待里,顾盼生辉在自己的自信里。说到底,把自己过得像个上天舍不得轻易送出的珍贵礼物,还是过得像个砸在手里的滞销品,都在于自己的一念。

玫说,爱情始终在,如空气,不必急,不需追,等着就好。

像一朵玫瑰那样,慢慢地开,慢慢地等。

最美

实实在在,实用会令一件普普通通的东西显现异样的美实用最美。

会过日子的人都知道。

曾在小村的门槛上坐看罗丹的画册,那尊《永恒的春天》让我看得纸都薄了,正在腌白菜的婶子瞥了一眼说:"石头就是石头,辛辛苦苦弄那么怪样,能吃还是能喝?我看就不如我这压白菜的石头好看,管用。"还真是有几分道理。

那些画上的细腰窄肩的美女,在柴米油盐的市井生活中,远不如腰板健壮、脸儿红黑的村姑深得民心。T型台上排骨累累的衣架子模特,男人们大多拍红了巴掌后,还是会娶回一位三围超标的妻。原因只是一个,实用性大于观赏性。

放眼周围,工薪百姓很少觉悟到饿几天肚子换一张欣赏芭蕾舞的入场券。艺术性只有那些素养和精神等诸内力深厚得"窑变"的人才能将它凌驾于生存、生活之上。

大多数人只有不再急需物质来解决生活的

必需时，才有可能奢侈地追求高雅艺术。为衣食生计奔波的人不是不懂艺术的美，不欣赏艺术的美，而是饥寒这两件事毫无美感可言。在饥民的眼里，一枚唐代的古币远不如一片压缩饼干实在，且美得让人双眼放光。钻石固然璀璨高贵，在无火的远古，它怎么可以和取火的石镰相提并论？

实实在在，实用会令一件普普通通的东西显现异样的美。

【惦记】

好久不见
把对你的惦记举过头顶
温暖从指间一寸寸洇遍全身
我很轻很轻地
叫了你的名字

一个雨夜

我不是教徒,但我信奉善良

雨夜中的家是一块小圆饼干，香甜而实在。

　　我在饼干里点灯、铺床，把雷声翻到某一页书上。闪电给我的窗镶了一道漂亮的银边，又撒腿跑了。刚入瓶的百合花苞受了惊，提前把花拆开，给了我意外的香。

　　我知道有的人是住在钻石般的家里，人们隔老远就能看见它的光芒。那里面的衣香鬓影，不夜的灯，沉着的银器，可以迷路的花园小径，还有女主人可以让夜润滑成一粒珠子的白缎睡衣，都是我们喜爱的。还好我同样知道，还有一些人在羡慕我的饼干小居；羡慕我拥有的温暖、宁静和不怕雨的屋顶；羡慕我松软的大枕头，飘在自然的天籁里；羡慕我新铺的床单上阳光和皂角的气息；羡慕我碗柜里粗瓷碗碟干爽的休憩。也许有如我一样年纪、心性的女人，在夜里无措地奔走，怕她的孩子受冻而将孩子徒劳地一再抱紧……想到这些，我自足的心里充满了歉意。虽然这并不是我的过失，虽然每当有老人、小孩求乞，我总是尽力掏出我口袋里的每一枚硬币。我不是教徒,但我信奉善良,相信这在任何一种宗教中都是弘扬的。若无力给予,起码可以给予关注和参与呼吁援助。

我把灯开着,希望雨中行人在无边的凉意和黑色中看见,能心里一亮,更坚定向前的脚步和信念。

【琥珀】

村路有心

拓了你的鞋印

风搬不走

雨收不去

每天散步时

都感觉和你一起

时间是松脂

等待是琥珀

山顶的雪

人在登山中一天天成熟,天空却在一天天年轻一个登山者说:"我登山是因为想看看山顶的雪。"

山顶的雪意味着什么?也许雪就是雪,也许雪是向往的一切。

其实很多人一生并不是为了那些伟大得可以呐喊的目标,努力的结果也不一定都好过那山顶的一抔雪。"庄稼不收年年种",生活就是这样执着的奔波。

懂得好好去生活是一种美德,每一个为生活而付出艰辛和得到喜悦的人都值得尊重。然而,在努力的极限,到底有什么在等,在牵引着我们,要我们在并不漫长的一生中,还脚步匆匆、小跑,甚至有时一路狂奔?我坚信那是一种很朴素也很深远的东西,它对我们的生命有着特别的意义。我无法给它命名,但我相信它的存在。相信若有人脱口说出它的名字,天穹之下将只剩下这一声音,那些宗教、信仰、哲学,一切试图解说和承诺生命目睹的说法,都将归于一片寂静。暂且,让我们用那"山顶的雪"替代足以照亮每一个日子的声音。

那山顶的雪,魂牵梦萦着每一个上山的人,只是每一个人有自己选定的路径、方式。唱歌的以歌声的翅膀飞临,种田的以牛车代步,写作的以文字抵达。

那"山顶的雪"本身也许并无特殊意义,但由它垂悬下来的一根无形的细绳,无一遗漏地串起了山脚下的人们琐碎而凌乱的一生,让在各种魅惑中挣扎的人们的心灵有了一丝皈依。有了这个山顶的屹立,无论你在哪个方位,都不会迷失在贪婪和物欲里;每一步,都是向着蓝天下的那片雪光;每一次仰望,都从心底喷涌出新鲜而快乐的攀登激情。人在登山中一天天成熟,天空却在一天天年轻。

当我们终于上到山顶,用干净的手掌和心灵捧起那雪,忍不住赞叹"多美呵",所有的努力就都值得。我们内心的成就和骄傲,绝不亚于那些船王和国王。我们可以肆意一回，放胆在山顶高歌一曲，那豪情，天堂恐怕也挡不住。

空城

你让一座城喧哗璀璨,也让一座城荒凉苍白

这座繁华的城市，在我，已是寂静空城了。

因你。你让一座城喧哗璀璨，也让一座城荒凉苍白。

眼泪落在谁的窗外，才算好雨？

你不会知道，永远不会，想你的那种痛，无药可止。

你也不会听到，我在你的城市，在你不会经过的大街小巷，淋着夜雨，不可遏止狂呼你的名字，对每一盏相遇的路灯，说我真的爱你。直到灯影黯然，声绝力尽。这样的疯狂，这辈子再付不起。

那些我们一起梦想过的铜门环、木格窗，还有水清清的井、雕花书案上的棋局，已成记忆里的古董，再回不来。我默默地等，除了等来老去，除了等来失去，已等无可等。

原谅我的不再等。我已一个人走遍了这城里每一处曾想与你共走的风景，每一处都埋下一段想，覆土，再压上一块青石做标记。虽然，今生再不会重来翻起。

我决定很认真地慢慢把你忘记。虽然当面对别人的嫁娶，当偶尔与一顶你曾许诺的俗红艳绿的花轿相遇，当不小心翻着了曾想为你穿起的嫁衣，那一刻的呆愣和无语，我还不能一下子适应。虽然这一下子，不过百年。

如果在放鹞子的春日，你偶尔看见一只似乎是在梦里我们一起放飞过的纸鸢，一念间想起我来，隐隐有点牵挂，我的决绝也算是值得。

转瞬即逝的是一辈子，过不去的是曾经一刻的铭心刻骨。

最后一次，在心里轻轻叫了你的小名，又替

你答应。然后,挂着一声叹息,从你的城市踉跄抽离。

今夜过后,再无故事。

空城是你,亦是我自己。

静守
———

静守我心,对生活满怀爱意,对自己满怀体恤喜欢独处。

一个人在屋内,坐或躺,看会儿书,给朋友写封信,做点女红,和自己下盘棋,这时候能听见心底的水声,是怎样细碎而清亮地流着。

喜欢醉在一管箫声里。凝神的那刻,仿佛自己站在一无名的驿站,但见漫天飞雪,不知是在等谁还是送谁,不知是蹄声渐近还是桨声已远。那样的时候,我可以好好地想你一会儿,任你在我的血脉里潜游。我可以把你想到毫无距离,又不担心会相互伤害。这刻的想念是一个人的抒情慢板,粮草不动,兵马不行。守着窗,守着门,守着平仄工整的言行,再多的异想,都在自己的词牌之内,没有人知道。

这样的时刻,也许会感觉有些凉,给自己一杯热茶,暖手暖胃,周围一片祥和静谧。

其实世界那么大,和我们有关系的也就那么几个平方,那么几个人。不需要求自己做多么伟大的事,对每一个和自己相遇的人好,不去想任何回报；认真做好自己遇到的每一件事，尽心尽力但求无愧；有多大能耐住多大平方，不亏己不欺人；花自己的钱，走自己的路，爱自己的人，就可以了。

静守我心，对生活满怀爱意，对自己满怀体恤。等人留亮，或者做灯，都可以。

【犹记】

石臼捣青

黑瓦纳凉

桂树下听香

灶旁添柴

庄稼见天好心情

孩子出门好天气

所有的奔跑啊

都有合适的鞋子

草色何处青

苔痕今日深

春日迟迟

那一刻,被一件绣衣深藏在箱底的光阴,似乎突然如翠色封入美玉,也似乎一瞬百年地荡漾回来春日迟迟。

这样的时候，很想做回老底子的女子。躲在小楼内，填填词、作作诗、弹弹古筝，特别是在楼台上绣绣花，让水红水绿的光阴从细细的针眼里一丝丝地凝成国色天香的牡丹或暗香浮动的梅花。

那些平绣、雕绣、贴绢绣、借色绣的手法不知是哪个女子冥想得来的灵念。旧时闺中女子足不出户，却能以十个手指的想象和出神入化，抵达美的故乡。可惜的是那么好的绣品大多只能在深闺寂寞地湮灭，为它喝彩的只有芭蕉、樱桃，墙头上的艳阳和天井里飞舞的尘埃。

可到我们这会儿，纵有万千狂想也枉然。只能在黑白绸面似的梦里，以彩色丝线般的想念聊以安慰。虽痴爱绣品，可怜手艺已减至只够钉钉扣子。想要件绣花衣，也只能去买机绣速成的。机绣的衣衫虽一样华美，却少了一份热乎乎的期待和憧憬。

有一件绣花的毛衫，大红对襟，领圈和前襟绣满了花，一穿上它，整个就是一花旦。记得那是个阴天，我斗胆穿着它上街，半条街好像都快塌了，不过我不肯定是因为惊吓还是惊艳，总之动静很大。

好太阳的午后，搬出雕了喜鹊登梅的红木箱，让那件明黄锦缎上绣着大花牡丹的夹袄出来透透气。阳光下的牡丹闪着银色、红色、紫色和白色的光泽，一如豆蔻当初。

那一刻，被一件绣衣深藏在箱底的光阴，似乎突然如翠色封入美玉，也似乎一瞬百年地荡漾回来。

就那么坐着。坐看苍苔色，欲上人衣来。

【半夜】

铁匠铺歇着了
村庄比铁还冷
农具们悄悄开会
商量农耕业的前程
柴禾堆满怀欢喜
把熟睡的火一再抱紧
人们在梦里收割
镰刀和风声都是黄金

闻香

试着努力如愿,也试着承受失意;试着坚持,也试着妥协;试着憧憬完美,也试着包容缺憾那天想约馨去买书买花,吃牛排喝咖啡,居然被拒,说是已经有约了。

我能确认的是,到昨晚入睡前,她还没男朋友,不会一梦醒来就"我们"了吧?

纠结半天,还是没忍住好奇心,装作漫不经心很随意的样子问她和谁约了,约了去干吗呢。

她一本正经地说"闺蜜约我去闻香了"。闻香?学香道?不可能,她曾经说过"放下花刀,立地成佛,金盆洗手了,啥都不想了,才可以去学什么茶道、香道的,我还正磨刀,还没走过江湖看过刀光剑影呢"。突然就觉得自己老了,居然听不懂90后的话了。

好在她还心怀慈悲,没让我自卑太久,一回到家就向我细细汇报了。说她和闺蜜先去吃了那款最近刚出的、我说要带鼻夹去吃的爆款榴莲比萨，再去购物大厦的某名牌香水专柜闻春季新上香水的香气，闻到自己喜欢的就偷偷记下了香水的名字，然后在网上找海外购，因为大厦里的价格太高了，网购可以省好些钱。我感叹"你们口味好重哦，吃了那样味道的比萨还能闻出个好来"，她乐不可支地描述着她们在那香喷喷的柜台前一次次接过殷勤的专柜小姐递过来的香水试纸试闻，差不多熏蒸了大半个小时，香水试纸都可以配成一副扑克牌了，才让在榴莲味的莽荒路上狂奔而去的嗅觉幡然回转，才终于闻出了心仪的那抹香，然后在脸都转绿了的专柜小姐彻底失仪之前以"把试纸带着看看哪个留香时间最久再决定"的理由从容离柜。回家路上为这么好玩的事没带我一起去有点内疚，就去打包了一杯咖啡带给我。

她说着还真从口袋里掏出了一大把香试纸，模仿专柜小姐的口气向我介绍："这款香水的前调是柠檬香味，清新怡人；约三十分钟后融入中调馥郁的玫瑰、铃兰等花卉香，约一小时后你会闻到后调绵绵不绝的白檀木香……我觉得这款香水很符合您的气质呢！"我喝着还是温热的咖啡，想象着那专柜小姐的花样愤怒，忍住丹田处向上翻涌的爆笑，问她这一趟折腾能有多少差价，她说一百多元，我又说那你们吃比萨花了多少呢，她像得了天大的便宜似的眼睛都笑弯了说："也是一百多元呀，这顿吃就是赚的钱呀，吃得一点不心疼！"大约也是觉得自己这一百块钱省得太隆重花得太痛快了，她自己也绷不住了，笑得花枝乱颤，全然不顾苦心经营的文艺气质瞬间灰飞烟灭。

馨也算是个小白领，每月的工资虽不高但也足以承受她偶尔为之的买个名牌香水、化妆品的消费，会和闺蜜去这么认真这么不怕累不怕烦地省一百元钱，然后居然又会那么舍得地马上把这福利和朋友一起快活消受了，显见她并不是真图省那一百元，而是图那赚来的快乐。而很多类似的事也真的只能在年轻不谙世事的时候去做，哪怕有点小任性，有点小神经，有点小恶作剧，也会被人认定为幼稚可爱而被人宽容和原谅。年轻真好啊！

所以，趁着青春正好，赶紧去做一些让自己快乐但并不伤人的傻事才不枉此生，试着努力如愿，也试着承受失意；试着坚持，也试着妥协；试着憧憬完美，也试着包容缺憾，因为现在有大把的时间可以练习做喜欢的自己，因为这样的快乐方式和心境也许很快就会被生活种种改变，之后循规蹈矩的岁月会很久很久。

还有最重要的一句，就算青春渐远，宝刀渐钝，也是可以跟着"馨们"出去快活一下的吧。从前咱们没觉悟，啥也没来得及做就老气横秋了，太冤了，还不允许我们现在知错能改补个课嘛。

我问过馨，我这么老不要好地老和 90 后一起行走江湖，会不会遭雷劈啊？她说，肯定会的喽,肯定会把雷劈坏的,你要劈不过,不还有我嘛。

上心

"上心",是从心出发,是以心相念,是将心比心,是心爱,是心疼把一个人放在心上，叫上心。

妹妹的朋友送来一个乳酪蛋糕，入口即化，三口两口就吃完了。上大学的侄女乃馨在微信上看到蛋糕照片，留了一句："孃孃，那个人真的很爱你。"问为什么，答："因为这个蛋糕只有离家三四十里的城里才有，而且买这个蛋糕都得排很长很久的队哟……"

爱一个人，喜欢一个人，就是从心里往外冒地愿意为那个人做任何事。这事未必都是天大的事，人这一辈子能摊上几件大事呢，都等发生大事再证明爱，不是啥都耽误了嘛。其实女孩子或女人，更期待一些生活中细水长流又举手之劳的呵护和疼爱，如同有些情话只是一个眼神或一句耳语的表达，而并不一定要大声呐喊表白。那些深潜在家常日子阡陌里的涓涓清流，才能让居有竹锅有米，才能让门前溪畔桃红柳绿，屋侧菜园四季翠碧。

譬如，下雪天，他会一年年地记得曾经说过

每一个下雪天的傍晚都陪你去梅林路看雪；荷花开时，他会第一时间带你去曲院风荷；任何时候吃到好吃的会想到打包一份给你或隔天赶紧带你去吃；过街的时候会自然地牵着你；有点好东西都会先想到你是否喜欢；你感冒时会十万火急地送药到你楼下，会做你最爱吃的菜；会时不时对你说句好听的；会让你感觉在他眼里全世界就你最美而且是唯一；会领你吃鲍鱼，也会随你去吃臭豆腐；五年、八年、十年如一日地每天对你说晚安和早安；会尽他所能地对你好、宠爱你……这样的他，一定是很爱你……

送一座城池，或送一间草庐，如果都是真心真意尽力尽心而为，有价值的区别，却没有情感分量的不同，重要的是"上心"，是从心出发，是以心相念，是将心比心，是心爱，是心疼。

爱一个人，从细小的爱开始，慢慢给，慢慢攒，总有一天，你爱的人会懂，那悠游江湖的牛车会被最后一根爱的稻草留住，然后开始劈柴喂牛、耕地读书的安稳生活。而我们，无论年方二八还是三八，不都是被这样那样的爱的细节打动，不问片瓦不求尺布不论斗米，而不顾一切地爱上，而断了所有的退路，而心甘情愿地做了一个人一辈子的爱的俘虏，无怨，无悔吗？

对一个人上心，有时就是一场豪赌，也许血本无归，也许盆满钵满，又何妨？！一个豪迈的爱的赌客，一个对情锱铢必较的商人，你会选谁？

七夕

我们想要的七夕,是世间万事万物都可以过眼烟云,只要能和爱的人在一起,不用盼,不用等秋凉了。

七夕了。

千千万万只喜鹊要赶去天上，为爱情搭一座最美的跨银河拱桥，让一生只爱一回、一年只见一面的牛郎织女相会。

终于又熬走了一年的三百六十五个日思夜想。真想让时间为这对史上异地恋最遥远、分居最久远的苦命夫妻定格。

不辛苦的爱情因为得来容易，不那么让人觉着铭心刻骨，不悲剧的爱情因为顺理成章，终湮没于日常，但这些都不符合看客对剧情的要求，不跌宕不揪心，不凄美不悲恻，不缺憾不动容。

然而，我们自己，宁可要一份现世安稳、岁月静好的平常爱情，像一线清流绕着村寨绵延不息，看得见炊烟，看得见草垛，看得见晚饭花的欢喜，看得见篱笆墙的执着，微笑，不语。那样的日子，一天可以是一辈子，一辈子可以是一天。

只要静静地爱着或静静地被爱着就好了,不想惊动旁人,也不肯让人分享。

有时爱情是一个人的事,自己觉着美好就够了。终究爱情是两个人的事,相守千言万语不腻,相离千里万里不忘,这样才能十指紧扣生生世世。

都说男耕女织的岁月才能出品牛郎织女那般忠贞隽永的爱情,那么,回不去的我们,为什么还有着一颗至死都相信爱情的不管不顾的痴狂的心?

也许,七夕是每个人供奉在高处的念想,像高原上的月亮,那么圆那么亮那么美,童话似的,遥不可及却又似近在咫尺。有了那样幻美的存在,生活就可以盼望,可以梦想,可以年复一年地继续。

而最终,我们想要的七夕,是世间万事万物都可以过眼烟云,只要能和爱的人在一起,不用盼,不用等。

【夜半】

冷香

拍门

三巡后

蜡梅才探身进来

只有檐下的板凳看见
半夜私奔的花朵们
穿着明黄的绸缎
夹着鹅黄的小包袱
在幽蓝的枝头
楚楚可怜

藏书

藏而不读的好书，却比柴垛都不如

书架上的书多么冷,是我们的手指和眼睛的专注,才让它们一点一点温暖起来,如一颗坚硬的水果糖,在舌尖上一点一点地甜。

读书,除了堂皇的求知理由,大多是想在书里找一同谋,想让书里的某人或某句话替你捡回你失散的感动。譬如曾经浪掷的歌声,或者未及起身已错过的相约,或是在梦里一再向往却不便与人言的香艳邂逅。唯有书中才能遭逢被点穴般的痛快,才能成全我们有限生活里的无限缺憾。我常常如一头山里的瘦牛,突然置身于水草丰美的大草原,一边狂喜于大开眼界、大快朵颐,一边又为只有四个胃而大为惋惜。

藏而不读的好书,却比柴垛都不如。柴爿堆在门前,露着或白或黄的内里,散发着松脂的气息。每一爿劈柴都证明了主人的勤劳和富足,证明了主人的斧头早上到傍晚的劈柴时间都没有虚度。每一个柴米油盐的日子,都为有柴垛在默默注视而欢欣鼓舞。看着那些花很多钱买来却堆着不读的好书,犹如看着钞票堆积不用,颇觉罪过。

那些不读的好书似未及点亮的灯，铜做的灯座不经细棉布和牛奶的反复擦拭，终会长出绿锈；它们又似深闺中的绝色佳人，也终会被时光尊重成满脸皱纹的老祖母。天可怜见，被冷落的藏书们若有知，定会捏一小手绢，如黛玉焚稿般嘤嘤而泣，也难保不学水浒里的阮小五、阮小七，拍着脖颈道"这腔热血，要卖与识货的主"，然后捶胸顿足。

好的书，好的东西，好的人，可以不拥有，可以远远地心动，可以不舍地看它被更用心的人带走，最经不起的，是据为己有又束之高阁地辜负。

【四季】

春天吹着唢呐从山脚向上跑
冬天拉着二胡从山顶往下挪
夏天拄着蝉鸣站在山腰吹风
秋天纳着灯灰埋头一路找鞋

始终相信
有未知的美好
在路上等我迎面相遇

我的草本时光

一年的草本时光,仿佛一台光阴的大戏

有小村，真好。

有父母、亲人、爱的人在一起，真好。

有天，有地，有花草树木，有缓慢的时光，真好。

让别人都去远方吧，我哪儿都不去，就待在小村。

一年的草本时光，仿佛一台光阴的大戏。

从春天开始，花草树木们络绎而至，辗转于节气的紧锣密鼓，青衣水袖迤逦，花旦欢颜俏丽，一朵花一棵草的一生一世，看似不动声色，其实也是百转千回的一辈子，也需要好好珍爱珍惜。

那花苞层层打开的喜悦，那让春天的夜晚屏住了呼吸的油菜花的金黄和无边无际，那草色如绿水漫过村庄的每一寸田地的柔情蜜意，那菜园子里满架豆蔓葱茏翠盖的缠绵，那闪电照亮的树梢屋顶上千万涌雨的雅集……

俯下身，用安静的心，就能听见花朵在枝条里的低语，就能感受到大地上最恢宏最细微的生长的喜悦和美好。

周一到周五在都市颠仆谋生，周六周日在小村散淡生活，是我的日常。在场景的转换中，又多了一世轮回般的窃喜，也有忙倦了有处可逃的庆幸。我对生我养我的小村心怀感恩，也对我的工作和工作的城市心存感激。

城市是我的谋生之地，我在这里以工作淘换米粮之资，获得安稳生活的约定。虽然有辛苦和纠结，但我还是真心愿意把自己每周的七分之五时间认真努力地挥霍在这里。

小村是我的"本草纲目"，那些无处不在的植物馨香，是最好的补心之药。小村是我的草本太极，就算只是树下伫立，就算只是花间打坐，就算只是在草坡上将自己缓缓放平，也是最好的修身之道。

常觉得自己是个纸上的庄稼人，我想要自己

的文字，像是从地里直接长到了纸上，有时沾了露水，有时带着泥巴，喜欢它们带着小村的印记，喜欢它们有着自由任性的呼吸。我希望看见的人能和它们会心地相视一笑。

那天写了首诗，配的图是和自家房子一样高的一树如雪盛开的白玉兰。一位未曾谋面的朋友看了留言说："你家是有多美，这一树大气磅礴的玉兰，让我安静想会儿。"我突然好像是第一次感觉到，真的，我家是有多美，不仅有如灯盏般可以照亮春天夜晚的白玉兰树，还有两棵芳龄三十六的可以在树下放几张小桌子喝茶的含笑树，还有三棵年方二十五的绝代佳人般的双色海棠，还有一棵树冠有三十多米宽的大香樟树，还有三十几棵一多半都已二十几岁的金桂银桂树，还有门前的莲花屋后的竹，还有辛夷芍药蜡梅蔷薇，家养的蝴蝶和小鸟……

原谅我以后可能会忍不住骄傲地这样说话，虽然你有好车，但是我有大树；虽然你有好房，但是我有几十棵大树；虽然你有好家底，但是我有几十棵爸妈亲手种的几十岁的大树……

感谢我的爸爸妈妈，给了我们兄妹仨一个和美的家，教我们真诚善良和感恩，他们的爱和院子里的花、树一起一直守护着我们。有他们，就有岁月，就有永远。

珍惜一个草本的日子，向爱而生，向暖而生……

【听任】
就这样
在桂花树的怀里
听任翡翠一样的天光
金黄翠绿地笼住了
一本书里哗哗地流淌的江河
每一碗香
每一盏绿
都是不舍得一饮而尽的呵护

不遇

有一朵芍药花被一根丝线绣在了时光的金帛上

听说芍药美，一只蜜蜂慕名从邻村赶来探访。

没想到雨也跟着来了。忘了带油纸伞，也没顾上拿竹斗笠，偏偏芍药家又晴耕雨读闭门谢客，所有的花朵都关好了花瓣。俊朗的蜜蜂只好忙忙地在层层叠叠的绿叶间翻来翻去。莫非是想找一朵重重花门虚掩的花闼，还是想找到一片满怀柔情的肯收留自己的叶子？看他那慌乱可爱的样子，忍不住在花旁支一锄柄，佯装无心地挂上一件蓑衣。大约那蜜蜂也读过诗书，也懂得斜风细雨不须归的意境，马上就掸掸翅膀上的雨水，安静地席叶而坐，守在一朵芍药的花窗下，听花铺纸研墨，听火烹水煮茶，听风翻书填词……

不知道那雨是啥时候停的，也不知道那蜜蜂是啥时候离开的。只知道那是一个缓慢而微醺的下午，有一朵芍药花被一根丝线绣在了时光的金帛上。而怀念，是绣架，是展框。

可惜无从问那蜜蜂，若有一天记起了，这个访芍药而不遇的夏日，是不是遗憾里也会有隐约的欢喜。

忽然来了一场春雨

　　一缕湿透的风从窗缝里缩身奋力挤进屋来,旁若无人的撩动了窗帘,很快活的样子阳光很好的午后。

忽然来了一场春雨。

俯身，轻嗅了门前的蔷薇……

雨水如帘，顷刻挂遍了屋檐。

好像很多架雨水定制的古筝齐奏，指尖弦上的雨声如玉珠子飞撒，密集地落在瓦背上。突然来去的闪电像飞镖光速穿过窗格飞进书房，消失在旧书页里，极亮，微微吓人，也有点美……

我坐着，还没来得及从看的书里回过神来，像坐在一场虚幻的大雨里。

一缕湿透的风从窗缝里缩身奋力挤进屋来，旁若无人地撩动了窗帘，很快活的样子。感觉那些书里的字都要推开书页出来淋雨了，都要出去看雨打梨花深闭门、海棠不惜胭脂色的盛况了……

起身看窗外，有两只松鼠慌乱地从小房子的

屋脊上一溜烟地跑过，边跑边似不甘心地左右张望着，很像是那个名叫馨馨的表姐和与其年龄差超过二十岁的小表妹糖糖，也像是叫燕子和小卓的长得像姐妹的"不靠谱"母女二人组，因为贪恋春色跑得远了，没能在下雨前赶回家里……

　　唯有住在树梢上的喜鹊，安稳的在风雨中一动不动。它们在家里相互依偎着天不怕地不怕地睡着午觉。神仙眷侣般的幸福，那么笃定，风雨不忍惊。

　　像一台小戏，在忽然放下的雨幕后上演了春事里最动人的场景……

　　而这样的片段，一辈子其实也没有几个。这样的午后，也是。